CONTENTS

49 days

第一話

えんま様と
夢を叶えた女

more busy 49 days
of Mr.Enma

新宿の空は夜でも暗くはない。地上の光を反射するかのようにどこか闇の色が薄かった。

そんな夜空にギターの音色と歌声が昇ってゆく。

新宿駅南口改札から少し離れた路上で一人の青年がアコースティックギターを抱えて歌を歌っていた。

半袖のTシャツにあちこち切れたジーンズ、半分だけ金色に染めた髪、顔立ちは悪くないが、どことなく全体的にすすけた印象で覇気が感じられない。

青年の前に置かれたギターケースには千円札が一枚と硬貨がいくつか入っている。

ケースの前には自費制作らしいCDも置かれていた。

青年の前にはしゃがみこんで曲を聞くOL風の女が一人、あとは時折カップルが足を止めて耳を傾け、しかしすぐに去ってゆく。足早に行き過ぐ人々は、視線を向けることもしなかった。

数時間たっても客はOL一人から増えなかった。

二二時をまわり、青年はギターをおろした。ケースから投げ銭を回収し、「くそっ」と毒づく。

「充希（みつき）、今日もすてきだったよ」

OLは小脇にバッグをはさみ、小さく拍手しながら立ち上がった。

「私、〝センシティブナイフ〟がやっぱり好きだなあ。充希の心がすっごい届く」

「……芽衣、なんで今日遅かったんだよ」

充希と呼ばれた青年は女の顔を見ず、手の中の硬貨を数えながら言った。

「あ、ごめん。終業間際に急に仕事頼まれちゃって……」

「はあ？」

甘えるように自分にすり寄ってくる女を充希は強い力で突き飛ばした。芽衣という女はガードレールまで飛ばされ、よろけて尻をついた。

「おまえっ、俺が待ってるのに仕事なんてしてんなよ！　どうせ一〇〇円二〇〇円の残業代しかつかねえんだから、そんなの断りゃいいじゃねえか！」

「そ、そんなことできないよ、仕事は仕事なんだし……」

「派遣のてめえなんかたいしたことしてねえだろうが！　仕事と俺とどっちが大事なんだよ」

駄々っ子のように怒鳴る男は確かに女より若く見えた。

「そ、それは充希だよ」

「だったら次は遅れんな！」

充希は石畳の上に腰を落としている芽衣に手を差し出す。

「あ、ありがと……」

芽衣がその手にすがりつこうと腕を伸ばすと、強くはたかれた。

「なに考えてんだよ、金だよ！　金を出せ」

「あ、……」

芽衣はあわててバッグの中から財布を出した。一枚引き抜こうとしたところを、全部奪われてしまう。

「あ、ま、待って。全部は困るの、今日コンビニでガス代振り込まなくちゃいけないから」

「ATMで下ろせばいいだろ！」

充希は金をジーンズの尻ポケットにねじ込むと、ギターをケースに仕舞った。それを肩に担ぐと背を向ける。

「待って、充希！　帰るなら一緒に……」

「先に帰ってろ、今日はクロたちと飲む約束をしてるんだ」

「待ってよ、ここんとこずっと飲んでばかりじゃない。少しは一緒にいてよ」

芽衣が駆け寄ると充希はうるさそうに振り向き、いきなり顔を平手で殴った。

「きゃあっ！」

はずみで手に持っていたバッグが地面に落ちた。

「うっせえよ！　てめえがベタベタしやがるから俺は新しい曲が作れねえんだよ！

今日は帰らねえからな！」

「充希……」

男はさっさと姿を消した。ガードレールに寄りかかって顔を押さえている女を、通りがかる人々がちらりと見るが声をかけるものはいない。

芽衣はふらふらと体を揺らしながら、地面に膝をつき、散らかったバッグの中身に手を伸ばした。

彼女より先に、スマホを拾った手があった。顔をあげると若い男が拾ったものを芽衣に差し出している。

「……」

口の中ですみませんと呟(つぶや)き、芽衣はスマホを受け取った。

「新しい年号になっても、クソみたいな男と女の関係は昔と同じなんだな」

青年は吐き捨てるように言った。言われたセリフが頭の中にはいってこない。ただ、口調で非難されたのだろうことはわかった。

「おまえ、あの男といても仕方がねえぞ。自分でわかってんだろ」

ティッシュ、カードケース、ハンカチと青年は次々に拾い上げる。

「あの人は……今日は機嫌が悪かっただけよ……」

「なにがあっても暴力をふるう言い訳にはならねえよ」

青年は最後に鍵を渡した。

「人を殴るという選択肢を選んだ時点で悪意が芽生える。極苦処行きだな」

芽衣は初めてちゃんと青年の顔を見た。黒いTシャツに黒いデニム、スニーカーも黒い。癖の強い髪に強い光を持つ目、皮肉っぽい笑みを浮かべる唇。

「ごくしょ……って……」

「地獄だ」

青年は腰を伸ばした。つられて芽衣も立ち上がる。

「……地獄、か」

芽衣は笑おうとしたが唇を歪めるくらいしかできなかった。

「充希が地獄に行くなら私も一緒に行くよ」

「惚れているのか?」

青年はどう見ても芽衣より若そうだったが、そんな乱暴な口調も気にはならなかった。

「彼は私の夢なの」

芽衣は呟いたがそれは自分自身に話しているように小さな声だった。

「いつか彼が認められてどこへいっても彼の歌が流れて……それが彼の夢なの。それを応援したいの」

「それはそいつが叶える夢であってお前の夢じゃない」

すぱりと断ち切るように言われ、芽衣はぎくりとした。自分がなにも持っていないことを指摘されたような気がする。

思わず顔を上げるとまっすぐに自分を見ている眼と合って、その強さに押されるように目を伏せた。

「彼の夢を私の夢にしてなにがわるいの……」

「自分の夢を他人に押し付けるなということだ」

芽衣は言い返そうと思ったがうまい言葉が出てこない。なので青年に背を向けて歩き出した。

「おまえ」

青年の声が背中に投げかけられる。

「鏡で一度自分の顔を見てみろ」

そんなことがあった日も過去になる。

充希はその後も芽衣のアパートに入り浸り、芽衣の作るものを食べて、芽衣の与える服を着て、夜になると外へ歌いに出かけ、そのまま酒を飲んで朝戻ってくるという日々の繰り返しだった。

金を奪われ、ときには殴られて、でも、気が向くと髪を撫でて甘い言葉を囁いてくれる。

芽衣はそんな生活に慣れきった。ずっとこうして自分が男を養っていくのだと思っていた。

だが、そんな毎日に転機が訪れた。

充希がネットにあげた動画――それはスタジオでもなんでもない、芽衣の部屋のベランダで歌ったものだったが――が話題になった。再生回数はあっという間に一〇万、五〇万と増え、充希と芽衣は数字の増加に興奮した。

一〇〇〇万回を超えたときには目を疑い、二〇〇〇万回を達成したときには充希は震えていた。三〇〇〇万回になる頃にはデビューが決まった。

充希は初めてのアルバムのタイトルに「センシティブナイフ」を選んだ。芽衣は嬉しかった。自分が一番好きな歌をファーストアルバムのタイトルにつけてくれたのだ。恋人の愛情を感じて感激した。

充希の望み通り、スマホやパソコンの画面から、街のあちこちから、彼の歌声が聞こえてきた。

夢が叶った。充希は夢を叶えた。私の夢もこれで叶った……。

充希は忙しくなり、滅多に家に戻ってこなくなった。エライ人との打ち合わせや会食、つきあいだと毎晩飲んで歩いた。

芽衣は家で待っていた。

充希がメジャーデビューしてスターへの道を歩いていても、芽衣の生活は変わらなかった。充希がお金を家にいれるわけでもないので、派遣の仕事を辞めるわけにはいかない。

でもみんな知らないのだ。

あなたが今見ている動画の歌手は私の恋人なのよ。私が彼の歌を一番初めに聞けるのよ。

けれどそれは他人には言ってはいけないことだ。芽衣は充希からきつく言われていた。充希のファンは一〇代の女の子が多い。そんなファンに恋人の存在が知られたらたちまち離れていってしまう、と。

それは芽衣も重々承知していた。芽衣が職場で充希の動画を見ていると、「谷町(たにまち)さんもミツキのファンなの」と同僚に言われた。

「ええ」

芽衣は微笑(ほほえ)んで答える。

「大好きなの」

充希は夢を叶えた。充希の夢は私の夢。私も夢を叶えた。

叶えた……。

叶えたのに……なぜ私は幸せではないの？

恋人の帰らない部屋の中で、芽衣はローテーブルの前に座り、充希の動画を繰り返し再生していた。手にはリンゴを持って皮をむいていた。

昨日、半分傷んだリンゴを箱買いした。ジャムにしたり煮たり、アップルパイも作ろうかしら。恋人の好きなアップルパイ。たくさん作って職場にも持って行こうか……。

「痛……っ」

ナイフの刃が滑って指に当たった。あまり切れない刃だったから、指に赤い跡がついただけだった。ナイフの柄がぐらついていて力の入れどころが難しい。

新しいのを買った方がいいんだけど……。

芽衣は親指を唇に押し当てた。

バタンと音が聞こえ、芽衣は目を覚ました。ローテーブルに顔を伏せ、いつの間にか眠ってしまっていた。

「充希、お帰り」

顔を上げた芽衣の横を恋人が通り過ぎる。クローゼットを開け、中から服を取り出し始めた。

「充希、こんな時間に戻るなんて珍しいわね、嬉しいわ。今日はずっといられる？」

充希は自分の服をカーペットの上に放り出すと、今度は棚の上に置いてあったＣＤや集めていたフィギュアをビニール袋に入れだした。

「ねえ、食事にする？　あ、リンゴ食べる？　それとも外へ食べにいこうか？　ステーキハウスのクーポンもらったのよ、半額ですって」

芽衣が差し出したクーポン券を充希はちらっと見た。手を伸ばして芽衣から取り上げると、いきなり両手で引きちぎった。

「半額クーポンだって？　バカかおまえ。今の俺は特選和牛だって食えるんだぞ。貧乏臭いまねをさせんじゃねえよ」

充希は半分にちぎれたクーポン券を芽衣に投げつける。

「ご、ごめんなさい。そんなつもりはなかったのよ」

充希は床に置いた服を取り上げると紙袋に詰め始めた。

「ねえ、さっきからなにをやってるの？」

「ああ？　引っ越しだよ」

充希は芽衣を振り向かずに言った。

「マンション決めてきた。いつまでもこんなとこにいられるか」

「マンション!?　いつ？　どこの!?」

「どこだっていいだろ」

寝耳に水だったが、心のどこかが期待で跳ね上がった。マンションですって？　新しい生活が始まるのね！

「よくないわよ、私だって職場に通うのにいろいろ……」

けれど一応すねた口調で文句を言ってみる。

「おまえはここにいりゃいいじゃねえか」

放り投げられた充希の言葉の意味がわからなかった。

「え……？」

「こんなもんか。あとは捨てていいぜ」

充希は紙袋とビニール袋を持って部屋を出ていこうとした。芽衣は座ったままその服のすそをつかんだ。

「どういう意味!?　マンションって……、出ていくの？　私は?!」

「知るかよ。おまえは今まで通りやってろよ。狭いアパート片づけて、ちまちま派遣の仕事をして、クーポン溜めて、ポイント溜めて、ささやかなステーキをごちそうだって食ってればいいだろ」

充希は服を強く引っ張って芽衣の手から外した。

「充希……、そんな。私はあなたが夢を叶えるのを応援してたのに。あなたの夢が私の夢なのに」

それを聞いた充希はいかにも馬鹿にしたように鼻から強く息を噴きだした。

「俺の夢はまだまだ叶っちゃいねえよ、これからもっとでかくなるんだ。その俺の夢におまえはいらねえんだよ。てか、人の夢に乗っかるんじゃねえよ」

「充希……！」

玄関に向かう恋人の背を芽衣は追った。恋人が、夢が、自分を置いていってしまう。叶えた夢は夢じゃない。くたびれた現実だ。

「充希！　捨てないで！」

古着を脱ぐように、使い物にならなくなった不燃物を捨てるように。

「充希！」

そうだ、この果物ナイフもずっと捨てようと思っていた。柄がぐらついて危ないのだ。さっきも怪我しそうになった。でもまだ使える、もう少し使えるとずっとずっと。

ああ、ほら、やっぱり柄が抜けてしまった……。

足下に男の体が倒れていた。その背には細いナイフが刺さっている。

芽衣は自分の右手を見た。ナイフの柄だけが残っている。

「だから……捨てようと……」

男の背、ナイフの刃の刺さったシャツが赤くなる。リンゴは皮をむくと白くなるのに、なんてことをぼんやり考える。

どうしよう。私はいったいなにをしてしまったの……？

芽衣は顔を上げ、周囲を見回した。どうすればいいのかわからない。助けを求めようにもこの部屋には自分しかいない。

いや、いる。

もう一人、自分を見つめている人間が。

それは女だった。

青白い顔をして、落ちくぼんだ眼窩(がんか)の、荒れた肌の、髪には白いものが交じって手入れもせずぼさぼさの。

「ひ、……」

自分だった。

「おまえは自分の人生を男に肩代わりさせているだけだ。男に尽くすけなげな私と言い聞かせて自分でなにもしようとしない。初めてしたことが殺人だなんて、しょうもない人生だな」

ひやりとした声がかけられた。

顔を覆っていた手をおそるおそる下ろすと、そこは充希と別れた新宿駅南口の歩道の上だ。

「……え、……」

ガードレールに黒いTシャツ、黒いデニム、黒いスニーカーの青年が腰を下ろしている。青年は両手の指を組み合わせ、膝の上に置いていた。口元に浮いていた笑みは消え、むっつりとしたしかめ面をしている。

「ゆ、夢……？」

「いくつかあるおまえの未来のひとつだ」

青年は不機嫌そうに言った。

「私の……未来……」

「どの未来をつかむのかはおまえ次第だ」

青年はガードレールから降りると尻ポケットに手をつっこんで去ろうとした。

「ま、待って！　どうして、なんで、私……、あなたは……」

「俺はできるだけあの世で罪人を減らしたいんだよ。面倒臭いからな」

答えになっていない答えを返し、青年の姿は夜の中に消えていった。

紙袋とビニール袋を持って、谷町芽衣は新宿の道を歩いていた。向こうから歌声が聞こえてくる。今日も恋人の充希は南口で歌っている。

充希の前に置かれたギターケースにはやはり硬貨が二つ三つ入っているだけだ。

芽衣は充希に近寄ると、そのギターケースの中に持ってきた袋を置いた。

「おい、なにすんだよ」

充希が歌を止め、目を怒らせた。

「これ、あんたの荷物」

「なに？」

「私、引っ越ししたから」

「はあ？」

「あんたが帰ってきてくれたら考え直そうと思ってたけど、この三日戻らなかったでしょう？　だから決めたの」

芽衣はそう言うと充希に背を向けた。

「お、おい！　ちょっと待てよ！」

充希はあわててケースを乗り越えようとして、紙袋に足をとられた。服をまき散らしながら派手に転んだ男をちらと見て、だが、芽衣はそのまま歩き出した。

「芽衣！　待てよ！　後悔するぞ、てめえ！　俺が売れたら……俺が夢を叶えたら……！」

「〝センシティブナイフ〟は好きだったよ」

芽衣はそれだけ言って、もう二度と振り返らなかった。

今まで得たこともないほどの身の軽さを感じながら、芽衣は新宿の街を歩いた。

カラオケ屋の看板が目まぐるしく色を変える。パチンコ屋の照明が激しくまたたく。大きな書店のガラスからいっぱいの光が浴びせられる。家電量販店のネオンは右から左へ、また右へと、けたたましいほどの色の洪水。

いろんな光が目に入ってくる。

その光がショーウインドウに映る芽衣の姿を照らした。

芽衣は光の中の自分を見つめた。

そこには張りのある肌に明るい笑みを浮かべた自分の顔があった。

「なんだ、私、イケてるじゃん」

芽衣は自分に向かって微笑んだ。

「ね、一緒に夢を探しに行こう」

にこりと自分が微笑み返す。タン、と一度足を鳴らして、芽衣はまた歩き出した。

第二話

えんま様と新宿七不思議

more busy 49 days
of Mr.Enma

序

鯖江葉月は眠りの中でふとその音を聞きつけた。

キシッ。

廊下の床板が軋む音だ。

眠気は葉月のまぶたを摑んで離さないが、頭の隅の、おそらく生存本能というものが起きろ、と命令している。

葉月は自分の胸の中に顔を埋めている小さな体をぎゅっと抱きしめた。

弟の彰人はまだ目を覚ましていないようだった。

初夏とはいえ、二人で寝るのはさすがに暑かった。クーラーを使っていないから余計だ。彰人は小学校の二年生にしては小さな方だが、二人で入るにはシングルベッドはやはり狭い。

だが葉月は彰人を一人で眠らせることはできなかった。彰人が怖がるし、何よりなにかあったとき守ることができない。

葉月は眉に力を込め、目を開けようとした。

キシッ。――キシッ。

まちがいない。足音だ。またアレが来たのだ。

枕元のスマホを取り上げ、ようやく開いた目で時刻を確認する。午前三時……。

確か前もこのくらいの時間だった。アレが廊下を行き来している。

キシッ、キシッ、キシッ。

軋みは廊下の端まで行くとまた戻ってきた。

葉月はベッドの中で身を硬くしてその音を聞いていた。

キシッ、キシッ、キシッ。

ゆっくりと廊下を行き来している。いったいなにをしているのだろう。ただ歩いているだけなのか。

やがて音が止んだ。葉月は聞き逃すまいと耳をすましていたが、もう音は聞こえない。スマホの時刻表示に目をやると、分が変わった。

もしかしたら気づかないうちにアレは戻ってしまったのかもしれない。

淡い期待をしたときだった。いきなり部屋のドアがすごい勢いで叩かれた。

「ひっ！」

ドアには鍵はつけていない。じきに外から開かれた。

さすがに彰人も目をさまし、葉月にしがみつく。

葉月は布団にもぐって寝ている振りをした。こんな音を立てられて眠っている方がおかしいのだが、布団から出る勇気もない。

弟を抱きしめ、体をできる限り縮めて丸くなる。布団を両手で押さえて全身に巻きつけた。だが、次の瞬間、強い力で足を引っ張られた。

「キャアアッ！」

悲鳴が出た。ベッドから引きずり出される。葉月は敷布団に指を立てたが、その勢いで指先が熱いほど擦れた。

「キャアッ！　イヤアッ！」

悲鳴を上げるしかなかった。ベッドから落とされ、床に顔をぶつける。目の前に光が散ったような気がした。

「うう……」

低くうめいて顔をあげると、黒く大きな影が壁のように目の前をふさいだ。

「ごめんなさい！」

葉月の口から意識せずそんな言葉がもれた。

「ごめんなさい！　ごめんなさい！」

「なにを謝っているんだ」

ソレが怒りを抑えられないような震え声で言った。

「謝るような悪いことをしたのか」

「いいえ、いいえ！」

「適当なこと言いやがって！」

どんっと腹に鈍く重い衝撃がくる。蹴られたのだとわかったのは自分が机まで飛んだあとだ。

「どいつもこいつも適当なことばかり！　おまえもかっ！　おまえもか！」

ソレが言っている意味はわからない。外でなにか腹立たしいことがあったのだろう、そのたびにこうやって部屋に来て怒りのままに暴力を振るう。

「やめて……ごめんなさい……ごめんなさい……」

葉月は身を丸めて腹を守った。その背に容赦なく足が当たる。

意識が朦朧（もうろう）としてきた頃、髪をぐいっと摑まれた。葉月の髪は長い。いつもは頭の上でまとめておだんごにしているが、寝ているときはほどいている。長い髪はソレの好みだった。

「やめて……」

のけぞった顎にソイツの指が触れる。頰を撫で、首を上下した。おぞましさに鳥肌が立った。手が下がってパジャマの上から胸を摑まれる。

「イ……ッ」

激しく揉(も)まれて葉月は恐怖で頭を振った。髪がちぎれる音が耳元で響く。

「やめて！　お義父(とう)さん……ッ」

「わああっ！」

弟の彰人がソイツの脚にむしゃぶりついた。

「やめろお！　やめてえ！」

「コイツ！」

ソレは葉月から手を離すと彰人を突き飛ばした。ドンッと壁にぶつかったような鈍い音がした。

甲高い泣き声が聞こえてきた。

「あきと……」

ズキズキ痛む頭を押さえて顔を上げると、アレが彰人の足を持ってひきずっていくところだった。

「やめて……」

立ち上がろうとしたが蹴られた腹が痛み、葉月は倒れた。

「やめて……あきとをはなして……」

廊下の向こうで何かが階段を落ちていく音がした。葉月は耳を覆った。

やがて、音は消えた。

葉月は腹を庇（かば）いながら、腕と膝を使って廊下を這（は）った。二階から下を覗（のぞ）くと、暗がりで弟の姿は見えなかったが、泣き声が聞こえてきた。

「あきと……」

ほっとした。泣いているということは生きているということだ。

まだ立つことができなかったので、葉月は体を回転させ、後ろ向きに這ったまま階段を下りた。

「あきと、だいじょうぶ……？」

そばによって体に触れると、泣き声がいっそう大きくなった。

「しっ、静かに。また怒られるよ」

葉月がそう言うと彰人は必死に声を殺した。震える体を抱きしめる。

「階段、上がれる？」

「……うん……」

二人はゆっくりと階段を上がり部屋に戻った。

明るい部屋で弟を見ると、額から出血はしていたが、骨などは折れていないようだった。

「おねえちゃん……」

　もう一度ベッドに入って葉月は彰人の体を抱く。

「なあに？」

「おかあさんは……まだ……？」

「うん、まだ病院」

「おかあさんが帰ってきたら……」

「お母さんは入院してた方がいい」

　葉月はきっぱりと言った。

「お母さんはやっとあいつから逃げられたんだもの」

「でも……」

「私たちも絶対逃げるよ。あいつ……そのうち私たちのこと殺すつもりだ」

「逃げられる……？」

「うん。絶対に逃げる」

　彰人は葉月によりいっそう身をくっつけ、くぐもった声で聞いた。

「……一緒に？」

「当たり前だよ」

　やがて弟は葉月の腕の中で眠ってしまった。葉月はずきずきと痛む腹を抱え、弟の頭越しにスマホを表示させた。

（逃げる、絶対逃げる。私と彰人とお母さんだけでなんとかこの家を出て行くんだ。あんな化け物——父親という名の魔物のいるこの家から）

スマホからぶらぶらとマスコットが下がっている。昨日、学校帰りの道で拾った。普段なら絶対興味を持たないような、あまりかわいくない変な人形だ。

でも持ったとき、これを手放してはいけないような気がした。それでスマホにぶら下げた。

その日の夜、アイデアを思いついた。マスコットの顔を見ているうちにいい考えが浮かんだのだ。

この家から逃げ出すアイデア、この家で殺されないようにするアイデア。

マスコットの真っ黒な大きな目が勇気をくれた気がした……。

葉月はSNSのページを開いた。誰でも自由に発信することができるこの場所では、無数の呟きがネットの海を漂っている。

葉月も昨日投稿した。その記事がいくつ拡散されているか確認する。

「……え？」

驚いたことに、一日でもう四桁の拡散数だ。この手のSNSを始めたのは昨日からなのでよくわからないが、こんなに影響力があるものなのか。この調子なら明日には一万いくかもしれない。

（もっと、もっと……）

スマホの画面の光に照らされ、マスコットの赤い顔が輝く。吊り上がった太い眉、ぎょろりとした目、口から覗く牙、黒い服。

漫画やアニメで見知った存在。神様なんか信じないけどこれは神様じゃない。悪いやつに罰を与える公平な裁判官だ。

葉月はそれをぎゅっと握った。義父に摑まれて疼く胸に押し付けると、痛みが少し和らぐような気がする。

（もっとだよ、お願い、助けて）

スマホの画面に額をつけて葉月は祈る。

（助けて、閻魔さま……）

「ん……？」

誰かに呼ばれたような気がして炎真は振り向いた。

「どうなさいました？　エンマさま」

秘書の篁が声をかける。

「いや……」

新宿通りと呼ばれる通りにあるコンビニの前、横断歩道近くだった。

時刻は真夜中だが、道路にはまばゆいライトをつけた車が忙しく行き来している。人の姿も輝くネオンも、光を溢(あふ)れさせるショーウインドウもある。白っぽい夜空には、黒い壁のようなビルが赤い航空障害灯を灯(とも)して建ち並んでいる。

横断歩道では青色信号が明滅していた。炎真は信号機を見て、小さく舌打ちした。篁も「ああ」とうなずく。

「仕事はしないつもりだったがな……」

炎真は横断歩道に向かって歩き出した。


少年の目の前には大きな大きな道路がある。その向こうにはたくさんの背の高いビルが押しくらまんじゅうをしているように身を寄せあっていた。

家を出たのは確かお昼だったはずだ。なのに、どんよりとした曇り空のせいで辺りは薄暗く見える。

少年は歩道の縁、ぎりぎりに立って道路を見つめていた。一歩先には向こう側のビルが建つ道へ向かうしましまの横断歩道がある。けれど、さっきからずっと車が途切れず渡ることはできない。

少年はうなりながら対岸の信号を睨んだ。信号は赤のままで、残り時間を示す赤いラインはさっきからぜんぜん動いていないように見える。

少年はいらいらと足を踏みならした。

早く向こうへ渡りたいのに、ぜんぜん青にならないじゃないか。

もうこうなったら車の隙間をついて渡るしかない……。

少年は体を少し前に倒し、駆け出す準備をした。大丈夫、小学校でも僕は三年生の中で一番、いや、二番目に速いんだ。あっというまに向こうにつけるさ。

行きすぎる車の台数が少なくなる。もう少し、あとちょっと。あの白い車が通り過ぎたら……。

「おい」

炎真は今にも飛び出そうとしている少年の背中に声をかけた。びくっと少年は身をすくめ、おどおどと振り向く。その顔を炎真は睨みつけた。

「おまえ、今、飛び出そうとしただろう」

「あ、あの……」

少年は怯えた様子で炎真と向こう側の信号を交互に見た。信号はまだ赤だ。

「ぼ、僕、向こうに渡りたくて……でもぜんぜん信号変わんなくて……」

「だからって赤で飛び出せば信号無視だ。立派な交通違反だ。赤は止まれって習っているだろうが」

「ご、ごめんなさい。でも、だって……信号が……」

「見ろ」

炎真はしゃがむと少年の目の位置に自分の視線を合わせた。

「よく見ろ、あの信号だ」

炎真は信号機を指さした。少年が見ている間はまったく青にならない信号機だったが、今は残り時間を示す赤いラインが下にさがってきている。あと三本だ。

「あ」

「見ていろ、もうじきだ」

ラインが二本になった。

「ほんとだ、もう少しだ」

一本になった。

「もう少し、もうちょっと……」

ラインが消えた。信号が青になった。

「やった！　信号が変わった！　ねえ、もう渡っていいよね!?」

少年は自分の横にしゃがんでいる炎真に嬉しげに叫んだ。炎真はうなずいた。

「さあ、行け。まっすぐ横断歩道を渡って行くんだぞ」

「うん！」

少年はしましまの上を走り出した。白と黒のラインがふわりと浮き上がり、空に向から。少年はそのまま走り続けた。

灰色の雲がゆっくりと割れて青空が見えている。白い横断歩道はその青の中に続いていた。少年はどんどん駆けてゆき、やがてその姿は空の中に消えた。

そのとたん、周囲はたちまち闇に包まれ、元の真夜中の道路に戻る。横断歩道を渡れないでいた少年にとって、ここはずっと曇り空の昼間の世界だったのだ。

「お見事です」

篁が控えめに拍手をする。

「子供は頑固だからめんどくさいな」

信号が青になったのに歩き出さない彼らを、不思議に思うものもいたかもしれない。

彼が今、此岸（しがん）にとどまっていた子供の霊を、彼岸に送ったことは誰も知らない。休暇で現世に遊びにきている地獄の王、閻魔であることも当然知るものはない。

閻魔大王が青年の姿を借り、大央炎真（だいおうえんま）という名で新宿に居を構えて一ヶ月。

休暇中ではあるが、街のあちこちに漂っている霊を彼岸に送るのはほぼ日課になっていた。無視すればいいのだろうが、職業病というのか、どうしても手や口を出してしまう。

だいたいはとっつかまえて強制的に地獄の穴へ送るのだが、自分が死んでいることをわかっていないと面倒なことになる。今のようにシチュエーションにあわせた小芝居も必要というわけだ。

「まったく、死神たちはなにをやってるんだ」

人が死ねば死神と呼ばれる送り役が魂を迎えに行く。だが、過密都市東京では時折彼らの手をこぼれて霊が迷子になってしまう。

特に自分の死をわかっていないものは死神がようやく見つけても彼岸へ逝くことを拒む。中には死神さえ視えないものもいる。

炎真は空を見上げた。

夜の空の中に流れ星のように白い筋がいくつも横切る。あれは仕事中の死神だ。

「先の大戦で死神の数は増えましたが、それから変わってませんからね」

「あれから人はずいぶん増えた。今度の十王会議では補充についての議題をかけるべきだな」

「そうですね、地獄に戻ったらその準備をしますよ」

地獄の大王とその秘書は、高層ビルに背を向けてネオン華やかな歌舞伎町へと歩を進めた。

一

炎真が住んでいるのは歌舞伎町の先にある「ジゾー・ビルヂング」という雑居ビルだ。その七階の七〇四号室に秘書の篁と同居している。

部屋を提供してくれたのは、閻魔大王と表裏一体と言われる地蔵菩薩（ぼさつ）。各地の辻（つじ）に祀（まつ）られているネットワークを生かして、現世で不動産業を営んでいる。

炎真が新宿通りで子供を彼岸へ送った翌日、日課としているデパ地下巡りを済ませて戻ってくると、部屋では篁の他に隣の部屋の少女、スピカが待っていた。

「お帰りなさいませ、エンマさま」

「あ、帰ってきた、えんちゃん！　どこ行ってたの」

スピカがソファから飛び跳ねて、炎真のそばに駆け寄った。

「ねえ、聞いて聞いて。おもしろいもの見つけちゃった！」

隣室はデリバリー・ヘルス嬢たちの待機部屋で、スピカは売れっ子ということだが、その割にはしょっちゅう遊びに来ている。本当はヒマなのかもしれない。

以前、スピカの友人が女の念のこもった着物に取り込まれたのを救ったことから、なつかれてしまった。もちろん炎真が閻魔であることは知らないが、なにか不思議な力を持っていることは勘づいている。

腕に回される少女の手を、炎真はそっけなく払った。

「暑いんだ、ベタベタすんな」

「いっつもそんな黒い服着てるからだよお！　もっとおしゃれすればいいのに」

「篁、なんか冷たいものあるか」

炎真はスピカを無視してソファに向かった。ソファの上には灰色の長毛猫が一匹丸くなっている。

「なんだ、ゆず、来てたのか」

「にゃあ」

ゆずと呼ばれた猫はハチワレの顔をあげ、愛想よく挨拶した。手足の先とふさふさしたしっぽの先だけが白い。夏なのに赤いベストを灰色の毛皮の上から着ている。

「最近ようやくゆずちゃん触らせてくれるようになったんだよ」

スピカが床の上にべたりと座り、ソファの上の猫の頭を撫でる。猫は白い前足を舌でなめ、ぶるぶるっと身震いすると、腰かけた炎真の膝に乗ってきた。

「あーもう！　ゆずっちはえんちゃんがお気に入りね」

「暑い、のけ」

炎真は猫の首の後ろを掴んで前にあるローテーブルに乗せる。猫はフーッと息を吐き、不満の意を表明した。同じテーブルに篁がアイスコーヒーを置く。

「まだ夏本番というわけではないのに蒸しますね」

篁はエアコンの温度を下げる。ゴオッと風がうなって炎真の髪を揺らした。

「日本はどんどん暑くなっているよな。どんな地獄だ」

「あ、あたし知ってるー。こういうの灼熱(しゃくねつ)地獄って言うんだよね？」

スピカの発言に炎真も篁もぎょっとした顔で少女の顔を見た。二人に見られてスピカはちょっと身をすくめる。

「なんだよ、あたしだってそのくらい知ってるよ」

「ああ、いえ。突然一般の人の口から地獄という言葉が出たので驚いて」

「そんなんフツーに言うし。篁ってあたしをバカだって思ってんでしょ。好カーン」

「す、かん？」

篁が絶望的な顔で首を振った。長めの前髪をカチューシャで持ち上げ、ラフなシャツとカーゴパンツを身につけた篁は、炎真の秘書をしているが千年前は人間だった。百人一首にもその名が載る平安貴族だが、現代では若者言葉に翻弄されている。

「あ、それよりさ、見てよえんちゃん。これこれ」

スピカは炎真の隣に強引に座るとスマホの画面を見せた。そこにはツゲッターと呼ばれるSNSの呟きが並んでいる。

「これこれ、新宿七不思議」

「あ？」

「たぶん昨日あたりに出回り始めたんだけど、もうすっごい拡散されてんの。トレンドだよ、トレンド！」

炎真はアイスコーヒーのグラスに口をつけ、目だけを画面に向けた。そこには一から七まで数字が振ってあり短い言葉の羅列があった。

1、花園神社の鬼火
2、ゴールデン街にたどり着けないバーがある
3、新宿中央公園におじいさんの幽霊が出る
4、新宿の目がまばたきする
5、七丁目の鯖江家は呪われている
6、歌舞伎町のカラスの中に猫の顔をしたのがいる
7、区役所横の四季の路でダンスする幽霊がいる

「ね、この中央公園の幽霊ってカズちゃんのことだよね!?」

「ふうん」

炎真はスピカからスマホをとりあげ、一連のスレッドを読んだ。

「そうだろうな。中央公園の幽霊の話はずいぶん前から出ていたらしいから、こんな風に噂(うわさ)になることもあるだろう」

中央公園の幽霊は、元はスピカの客だった老人だ。公園のベンチで急死したあと、そこで霊となって捜し物をしていたのを炎真が成仏させたという経緯がある。新宿区役所の女性が依頼にきて、スピカもそのことを知っている。

「四季の路の幽霊もこないだバズったよねー。花園神社もすぐ近くじゃん？　鬼火は見たことないからこんど行ってみようよ！」

「物見遊山で行くところじゃないんですよ、スピカさん」

篁がたしなめるとスピカはにやりと笑った。

「あれー？　篁ってば怖いの？」

「そうじゃなくて、不敬だと言うんです」

それを聞いてスピカはきょとんとした。

「篁ってもしかして神社の子供なの？」

「なんでそうなるんです」

「父兄っていうからさ」

篁はがっくりと首を落とす。

「父、兄という意味ではなくて、不敬（うやまわず）ということです」

「えんちゃん、篁がうるさいよ」

炎真はスマホの画面を見たまま、肩にもたれかかってくるスピカの顔を手のひらで押し返した。

「花園神社には行かねえよ。面倒くさいことになるからな。それよりこいつ、気になるな」

「え？　どれ？」

スピカが身を乗り出したとき、持っていたスマホが鳴動した。

「あ、シャチョーからだ……ちぇっ」

スピカはメールを受信し、中を確認すると立ち上がった。

「ごめん、えんちゃん。仕事はいっちゃった。また夜にね」

「来なくていい」

「そういうクールなとこも好きだよ。じゃあねー」

スピカは手を振って部屋を出ていく。にぎやかな熱量が去って、炎真はやれやれとアイスコーヒーをすすった。

「うにゃー、やっと行ったわ」

猫のゆずがテーブルの上で腰を上げ、背を伸ばす。くるりと転がってテーブルから降りると小さな子供の姿となった。

赤いベストはそのままで、下にはTシャツに短いパンツ、黒い靴下と手袋を身に着けている。猫のときと同じ灰色のふわふわした頭には、三角の耳がついていた。ふさり、と大きなしっぽがパンツの尻から揺れる。

「こっちが我慢しているのをいいことに、さんざん触りよって」

「まんざらでもなかったでしょう」

人型になったゆずはぶるっと首を振った。

「ゆずは由緒正しい猫又よ、簡単に撫でくりまわされたらたまらんわ」

ゆずは以前子供が行方不明になった事件を解決したとき、手伝ってくれた妖怪だ。新宿に住んでから、炎真たちは妖怪と縁が出来た。

「篁ぁ、ゆずにもなにか冷たいもんちょうだい」

ゆずが頬から伸びている銀色のひげを擦(さす)りながらねだる。

「はいはい」

篁はすぐに部屋にある冷蔵庫から牛乳の紙パックを出した。動物好きの篁にとっては人型になってもゆずは猫だ。

「ゆずくんは牛乳飲んでもおなかこわさないんですよね？」

念のために聞く。牛乳に含まれる乳糖を猫は分解できない。

「牛乳くらい、へっちゃらよ。あ、でも氷はいれんといて。薄くなるから」

「はい、どうぞ」

篁はマグカップにミルクをいれてゆずに差し出した。ゆずは床に座り込んだまま両手でカップを持ち、ごくごくと飲む。

「ほんで炎真の兄ちゃんはなにが気になるの？」

口の周りを白くしてゆずが振りあおいだ。

炎真は篁に、さきほどスピカが見せてくれた新宿七不思議を検索するよう言った。篁は地蔵から借りているスマホを慎重に操作してその画面を出した。

「これだ」

受け取ったスマホの画面に「七丁目の鯖江家は呪われている」というSNSの文章と一緒に、家の画像が映っている。

「なんやのん？」

「ほかの六つと違ってこれだけが個人を特定しているというのがな」

「あ、そう言われればそうですね」

篁はスマホを炎真の肩越しに覗き込んだ。

「七丁目の鯖江家……。うわ、これ番地まで載ってますよ、この家がその鯖江家なんでしょうか」

「行ってみる?」

ゆずがマグカップをテーブルに置いて言った。

「ゆずがすぐに道をつないだるよ?」

猫又のゆずは猫道という猫だけが行ける道を開くことができる。この道を通るとどんなに遠い場所でもすぐにたどり着くことができた。

炎真たちも以前は地獄経由で長距離移動をしていたのだが、現世と地獄をつなげすぎるのは遠慮してほしいと地獄の方からクレームがきたので、今は使用していない。

その代わりに猫道をつなげることができるゆずの力を借りている。

ゆずを紹介してくれたのは同じビルに店をかまえる骨董屋だが、今日はまだ姿を見ていなかった。

「そうだな……」

炎真はもう一度家の画像を見たが、やがて首を振った。

「いや、やめとく。そもそも俺は休暇で現世に来ているんだ、よけいな仕事はしたくない」

「ええー、面白そうじゃないですか、エンマさま。それこそこういうのは仕事じゃなくて趣味として行ってみましょうよ。前から思っていたんですが、エンマさまって無趣味ですよね？」

「無趣味だと？」

炎真はじろりと秘書を睨んだ。

「現世で休暇っていってもどこか面白いところへ出かけるわけでもなく、部屋の中でごろごろして甘いもの食べたり酒を飲んだりしているだけで。そういうのニートって言うんですよ」

「だから、休暇中なんだ。休暇ってのはじっとして体を休めるものだ」

炎真は飲み終えたグラスをテーブルの上に勢いよく置く。

「その家に興味を持ったんでしょう？　いいじゃないですか、衰えない興味こそ若さを保つ秘訣ですよ？」

「おまえ、俺を爺ぃ扱いしてるな」

ゆずがキラキラさせたキウイグリーンの瞳を炎真に向ける。

「炎真の兄ちゃんっていくつなの？」

「僕よりずっとずっと長生きですよ。エンマさまは地獄が出来たときからいらっしゃいますから」

「へええ。じゃあ妖怪より長生きなん？」

ゆずの大きな目が真ん丸になる。

「そうかもしれないですね。僕たちは妖怪のことは管轄外なのでよく知りませんが」

「ゆずは最近猫又になったからなあ、妖怪の歴史には詳しくないんよ」

ゆずはしょっぱい顔をした。

「じゃあ炎真の兄ちゃんは兄ちゃんやなくてじいちゃんなの？」

「だれがじいちゃんだ」

炎真は小さな猫又に怖い顔をしてみせた。

「とにかく俺はそんな案件には関わらな――」

玄関のドアがバタンと開く。立っていたのは長い髪を後ろで結び、白い麻の単衣着物をすっきりと着こなした青年だ。

「こんにちは」

「これは地蔵さま」

篁は青年に向かっていねいに頭を下げた。

このビルのオーナーにして、不動産業で稼ぐ地蔵路生こと地蔵菩薩だ。

地蔵は穏やかな笑顔で会釈をし、炎真に向かって「ほうら」とでも言いたげに四角い箱を持ち上げてみせた。

「お、おまえ、それ、寿し門司のケーキボックスじゃないか」

案の定、炎真がつられてソファから身を乗り出した。

「さようでござんす、高級マスクメロンをくり抜きスポンジとクリームと数々のフルーツを層にした寿司屋の技術と情熱のたまもの、炎真さんがお好きそうなケーキでござんすよ」

地蔵は水面を移動するような滑らかな動きで炎真のそばのテーブルに寄った。

「ちょいとお願いを聞いていただきたくて」

「またかよ」

言いながら炎真の視線はケーキの箱から離れない。

「実は新宿七不思議というのがござんして」

「え？」「え？」「え？」

炎真と篁、ゆずの声が重なった。その反応に地蔵は興味深げな顔をする。

「おや、もしかしてすでにご存じでしたかね」

「今、その話をしてたところだ」

「さようで。私の話はその中の七丁目の家に関することなんでござんすがねえ」

「……」

炎真と篁は顔を見合わせる。

「エンマさま……。さっき行っていれば仕事じゃなくて趣味で済みましたのに」

「う、うるさい。だれもまだ引き受けるとは言ってねえ！」

その炎真の目の前に、地蔵はぱらりとチラシを広げた。

「ヒルトン東京のスイーツビュッフェ。夏のフェアは『クリスタル・マーメイド』」

「……」

「話を聞こうか」

篁はメロンケーキのための皿とカトラリーをいそいそと用意した。

二

ゆずの開いた猫道を使い、歌舞伎町のジゾー・ビルヂングから新宿七丁目の鯖江家の近くまでやってきた。

猫道の精度はさほど高くはなく、〝だいたい〟の場所へ出るため、最初にゆずが猫の姿で頭を出した。

「うん、だいじょーぶみたいよ」

そう言われて続いて外へ出ると、ちょうど電柱の背後だった。目の前に大勢の人間の背中がある。彼らは一様に手を上げてなにかしていた。

「ああ、あれか」

人間たちが上げている手の中にスマホやガラケーがある。彼らは写真を撮っているのだ、話題になっている呪われた家の。

「すごいですね、スピカさんの話ではあの記事がＳＮＳで広がったのは昨日あたりということでしたのに」

呆れかえる篁の肩に、ゆずがひょいと乗る。篁の方が炎真より身長があるためだ。

「みんな、呪いを見に来てるのん？　あれってなんかの儀式なん？」

全員が手を上げている姿は確かに呪術の儀式めいている。

「気が知れんな。他者への呪いなら自分には降りかからないとでも思っているのか」

「仕方ありませんよ。人は物見高いものです」

嘆息する炎真に篁が笑って答える。

「特に今はネットという匿名の海の中で、どうすれば自分を他者より目立たせるかが競われる時代ですからね。呪われた家というのもひとつの色づけにすぎません」

「こんなところにまで分析癖を持ち出すな」

炎真は鼻を鳴らすと前に立つ少女を押し退けた。

目前で見る家はごく普通の家だ。周囲の住宅よりは多少金がかかっているらしく、広いし庭もある。古さはないし汚れてもいない。建てられてせいぜい二〇数年程度か。

「どうですか？　エンマさま」

篁が囁く。炎真は目を細め、家全体を見つめた。

「ああ……なにかいるな」

「えっ、本当に呪いなん？」

ゆずが爪を立てたのか、篁が「いたいいたい」とわめいた。

「いや。そいつはあとづけみたいなもんだが……」

「あとづけ？　なに？」

ゆずが意味がわからない、と首をかしげる。

「この騒ぎはなんですの？」

背後で女性の声が聞こえた。

「あら、奥さん、ご存じないの？　今SNSでトレンドになってるのよ」

それに応える声も聞こえる。

「SNS？　あの、ツイッターとかインスタなんとかというの？」

「そう。そこで鯖江さんのお宅が呪われてるとかなんとか」

女性たちの声が小さくなる。どうやらこの近所の主婦たちらしい。炎真は会話を聞くことにした。

「鯖江さんって、あれでしょ？　旦那さんが都議だっていう」

「そうそう」

「やだわ、呪いって……そんなのほんとにあるの？」

「あるんじゃない？　ほら、ここの奥さん、しょっちゅう怪我してて、こないだとうとう救急車で運ばれちゃったじゃない。娘さんも有名私立中落ちちゃったし、弟さんも体弱いみたいだし」

「やだあ、私立落ちちゃうのが呪いならうちだって呪われそうだわ」

半分笑っている声が応えた。しょせん他人事(ひとごと)だ、噂の種になれば面白い見世物だろう。

「おい、なにをしてるんだ！」

急に大きな声が響き、周囲にいた人間たちの輪が崩れた。見るとスーツを着た男と二人の警察官がこちらに歩いてきている。

「早くなんとかしてくれ」

スーツの男はいらだたしげに警官に言った。警官は軽く頭を下げると集まっていた若者たちに向かって手を振った。

「道をあけてください、交通の邪魔です」

言葉は穏やかだが手には警棒もある。その姿にさらにスマホのカメラを向けるものもいた。

「人の家を勝手に撮るな！」

怒鳴っている男が家の主人らしい。男は家を取り囲む若者たちをぐるりと見回した。

まるで、誰一人も忘れないぞ、という目をして。

若者たちがパラパラと散り始めた頃、男が炎真の方に向かって勢いよく歩いてきた。

「おまえ！」

呼びかけたのは炎真にではなく、先程彼が押しのけた、中学生くらいの制服を着た少女へだ。頭の上で髪をまとめた少女は炎真の後ろに隠れるようにあとずさった。

「ハヅキ！　おまえまでなにをしている！」

男は少女の腕を掴むと、ひねりあげるようにして持ち上げた。

「きゃ……！」

「さっさと家へ入れ！」

「おい――」

炎真は男の背に声をかけた。少女の顔が苦痛に歪んでいたからだ。だが男は炎真を一瞥(べっ)しただけで、ものもいわず、少女をひっぱって自宅の門扉を開けた。

警官たちが「早く帰りなさい」とまだ残っている若者たちを追い返す。こちらにも向かってきたので、炎真は篁を促してその場を離れた。

「この家の主……鯖江、か。やけに横柄なやつだな」

「さっき後ろの方たちが鯖江さんは都議だっておっしゃってましたね」

「都議ってのは東京を動かす仕事をするやつだろうが。要は公民の僕(しもべ)だ。いばりくさるのはおかどちがいだろう」

「お巡りさんにも態度おおきかったねえ」

篁の肩から腕の中に移動したゆずが小声で言う。

「肝の小さいやつほど自分の権力がでかく見えるもんだ」

炎真は吐き捨てた。

「篁、あのSNSとかいうやつだが」

「はい？」

「大本の、最初の発言をしたやつを特定することはできねえのか？」

うーん、と篁は自分のあごを撫でた。

「僕はそういう知識には疎いですが、流行(はや)りのものを扱っている方なら知っているかもしれませんね」

「流行りのものを扱う？」

篁は炎真に笑ってみせた。

「吉永樹理子(よしながきりこ)さんです」

「ああ……」

吉永樹理子は、以前、彼女の息子が拐かされた事件で知り合った。テレビ局の制作の仕事をしている。

「彼女と連絡がとれるか？」

「連絡先を交換しているので大丈夫です」

篁はスマホを取り出すとその場で電話をかけた。三度目のコールで相手が出た。

「こんにちは、吉永さん。小野ですが」

葉月は父親に強い力で腕を引かれ、強引に鯖江家の中に放り込まれた。玄関の冷たい人造大理石に手をつき振り返ると、父親がドアの鍵をかけていた。ドアチェーンをかけるガチャリという音が重く響く。

「帰りが遅い！　もっと早く戻ってきて家に入っていろ！」

押し殺した声で父親が言った。ぱっと廊下の照明がつき、弟が怯えた顔で玄関に出てきた。

「おかえりなさい……」

「いったいなんだってこんなに家の周りに人が集まっているんだ！」

父親が葉月を責めるように言う。

「わ、わからない、です。学校から帰ってきたときからもう……」

「もっとはっきり言え！」

父親が手を振り上げるのを見て葉月は叫んだ。

「外に警察がいるよ！　お義父さん」

ぴたっと父の腕が止まる。

「お、大きな音とかしたら……きっと見に来るよ」

父親は苛立(いらだ)たし気に舌打ちし、廊下に立つ息子を突き飛ばすようにしてリビングへと向かう。姉と弟はほっと息をついた。

「おねえちゃん、外、どうしてああなってんの……？」

弟は玄関先に膝をついて葉月にそっと尋ねた。

「ネットだよ……」

葉月も小さな声で答えた。

「ネット？」

「ネットにアップされてた……うちが、新宿七不思議だって」

幼い弟は首をかしげてみせた。

「しんじゅくななふしぎ？　なあに、それ」

「うちは、呪われているんだって」

「呪われてるってなに？」

「気にしないで」

葉月は弟の小さな頭を撫でた。

「おい！」

リビングのドアが開いてスーツを脱いだ父親が顔を出す。彰人がびくっと身をすくめ、壁に張り付く。

「早く飯にしろ！」

「は、はい」

葉月は壁に縋って立ち上がった。ちらっと玄関のドアを見る。外の騒ぎはドア越しにまだ聞こえる。一晩中続くかもしれない。

葉月は自分のスマホを取り出し、SNSを開いた。

新宿七不思議の記事が長方形の光の中に浮き上がっていた。


吉永樹理子の仕事は速かった。なんでもそういうSNSの動きや拡散の仕方、情報の伝達経路を専門に調べる会社があるらしい。そこへ頼んで二日後の午後には最初の投稿が特定できてしまった。

「一度流れてしまった情報を消したりするのはむずかしいけれど、辿るのは比較的簡単なんです。要はデータですから、コンピューターにとってはお手の物よ」

樹理子が見つけだしたのは「Enco」というアカウントだ。

「SNSにダイレクトメールを出して、個人情報秘匿を条件に会って話を伺うことになりました」

樹理子自身もこの「新宿七不思議」には興味があったらしい。

「調べてくれた会社の人の話では、この記事の拡散の仕方がちょっと普通じゃないらしいの。七不思議や都市伝説なんてあちこちに山ほどあって、この記事に載っているのはその中でも地味なほうなのに、こんなにバズるのこそ七不思議だって」

樹理子はスマホのメモアプリに視線を落として言った。

「原因のひとつとして、やはり個人名が入っているっていうのが考えられるそうなんですけど」

炎真と篁、それに樹理子は七丁目のファーストフード店でEncoと名乗るものと会うことになった。時間は一〇分程度で頼むと言われたという。

「それに投稿者のEncoさんは、もともとフォロワーの数もいなかったような新しいアカウントなの。突然投稿したひとつの記事がこんな異常なバズり方をするのはありえないらしいです」

炎真はファーストフード店の新しいシェイクメニュー、トロピカルパインバニラを始め、照り焼きバーガーやサイドメニューのアップルパイをテーブルに山盛り積んでご満悦だった。

「ダイレクトメールじゃ相手がどんな人間かまではわからないんだろうな」

出来立ての温かいアップルパイにかぶりつきながら、炎真は樹理子に聞く。樹理子はチリペッパーのかかったポテトを一本ずつ口にいれ、うなずいた。

「Encoさんは七不思議の記事をあげているだけで、個人的なコメントはいっさいださなかったんです。プロフィール欄も空白ですし」

「つまり七不思議だけを見せたいということだな」

「そうですね」

サイドメニューをたちまちたいらげた炎真は、ハンバーガーに突き進む。

「七不思議っていうのはほかにもあると言ってたな」

「ええ、昔から存在してます。一番有名なのは本所七不思議ですね」

「ああ、知ってます。置いてけ堀とか、片葉の葦！」

篁がはいはい、と片手を上げて発言した。樹理子はスマホの画面を見ながら、

「そうです、ほかに狸ばやし、消えずの行灯、足洗い屋敷、津軽の太鼓、落葉なき椎

……これらは江戸時代に広まったものですが、それよりも古い、遠州七不思議や大社七不思議というのもあります。明治三八年には『東京七不思議』という書籍も出版されました」

炎真はテーブルに肘をつけた片手を軽く振った。

「このさい古いのはおいておこう。現代版で七不思議ってのは？」

「一番メジャーなのは学校の七不思議、ですね。学校怪談とも言われてどこにでも存在するものです。映画で一躍メジャーな存在になりました」

樹理子がテーブルの上に出したA4サイズの紙にはいろいろな七不思議の記事が記載されていた。

「ざっとネットで探した分です。そういえば池袋七不思議ってご存じですか？」

「知らん、なんだ？」

「池袋は東口に西武デパート、西口に東武デパートがあるんです。これは冗談みたいに昔から言われているもので、まあ鉄道のせいなんですけどね」

樹理子は笑いながら言った。

「怖いものなら今は七不思議よりも都市伝説と言うものが多いですね。都市伝説を七つ集めて七不思議にする場合もあります」

「SNSにあがった七不思議もそういうものだといえるか？」

　炎真は樹理子のレポートを片手にして言った。

「ええ。この中の『ゴールデン街にたどり着けないバーがある』というのはかなり前から言われていました」

　それを聞いて炎真と篁は顔を見合わせて苦笑する。そこで酒を飲んだと言ったら樹理子は食いついてくるだろう。

「新宿中央公園の幽霊と四季の路の幽霊は今年に入ってから都市伝説のトレンドとしてあがっていたようです」

　どちらも炎真たちが関わったものだ。両方とももう幽霊は出ないので噂もそのうち消えてなくなるだろう。

「ではこの七丁目の鯖江家というのは？」

　炎真の言葉に樹理子は腕を組んで「うーん」と首を振った。

「これが謎なんですね。今までどこででも噂になったことはないんですよ。しかも実在するご家庭で、鯖江氏は都議までされている方ですから……これは嫌がらせとして七不思議に交ぜたと考えるべきかもしれません」

「嫌がらせか」

　樹理子が検索するとすぐに鯖江家の画像がスマホに表示された。

「誰だって自分の家が他人の好奇の材料になるのはいやでしょう。犯罪加害者の家の壁にペンキで悪口書くようなものですよ」

不愉快そうに言う樹理子に、篁はうなずいた。

「ああ、あれ、僕いつも不思議に思ってたんですけど、わざわざ壁に書いたり張り紙したりチラシいれたり電話したり……どういうエネルギーなんでしょうね？　楽しいんですかね、そんなことやって」

「私も同意です。それが犯罪行為にならないと思っているのも怖いですよね」

炎真は指先でトントンとテーブルを叩いた。

「話をずらすな。それじゃあこの鯖江家の噂というのはほんとうにいきなり出てきたんだな」

「調べれば鯖江氏の功績や都議としての足跡はでてきますが、特出した功績を出している方ではないんですよ。叩かれるようなホコリもないし。なぜこんな嫌がらせをうけるのか不思議で……」

不意に樹理子は言葉を切ると、炎真の肩の上あたりに目を向けた。その視線を追って振り向いた炎真は、中学生くらいの制服の少女が心許(こころもと)ない表情で立っているのを見た。

「……もしかして、Enco さん？」

樹理子が穏やかに小さく声をかける。少女はかすかに顎を引いた。

「よかった、きてくれて！　私、メールを差し上げたＦＴＶの吉永です」

樹理子は立ち上がると名刺を差し出した。少女は肩から下げたスポーツバッグの紐(ひも)をぎゅっと握り、ためらいがちに近づいてくる。

「……おまえは」

炎真は少女の顔に見覚えがあった。鯖江家の前で、主人に腕を摑まれ顔を歪めていた少女だ。あのとき、鯖江は名を呼んでいた。

「鯖江の娘じゃないか？　たしか、……ハヅキと呼ばれていた」

名を呼んだとたん、少女はのどの奥で小さな声を上げ、炎真たちに背を向けて逃げ出した。

「あ？」

「だ、だめですよ、大央さん！」

樹理子が悲鳴のような声を上げる。

「個人情報を特定しない約束で会ってるんです。なのに名前を知っていたらお話ししてくれません！」

「そうか、失敗したな」

炎真は立ち上がる。

「捕まえるから待っててくれ」

三

鯖江葉月はファーストフード店を飛び出し、家に向かって駆けた。

なぜ、あの黒い服の人は私のことを知っていたのだろう。私が、鯖江家の娘があの七不思議を流したことを義父に知られたら、どんな目に遭うかわからない。

せっかくSNSのおかげで家に人が集まってくれたのに。

角を曲がろうとしたとき、急に騒がしい鳥の鳴き声が聞こえてきた。思わず空を見ると、三羽の雀（すずめ）のような鳥がもつれあいながら葉月の方へ飛んできた。いや、三羽ではない、頭が三つあるのだ。

「きゃあっ！」

鳥は葉月の頭の周りを飛び、それぞれのくちばしで髪や制服の襟をついばむ。葉月は両手を振って鳥を払おうとしたが、鳥はその手を避（よ）け、鳴きながらぐるぐると葉月の周囲を回った。

灰色の翼を見えないほどの速さで振り、三つのくちばしで鳴きわめく。頭の上で結んだ髪を強くひっぱられ、葉月は髪の根元を押さえ、その場でうずくまった。

「いやっ、あっちへいって！　やめて！」

大きく振り回した腕が摑まれた。はっと顔を上げると、ファーストフード店で葉月の名を呼んだ黒づくめの男が立っている。

「ご苦労、戻っていいぞ」

鳥ははばたきながらそばに留まっていたが、男の声に空へと舞い上がっていった。

「悪かったな、あいつらは俺が地獄から呼んだ。いつもは亡者の肉をついばむのが仕事だから多少乱暴だったな。怪我はさせないように言っておいたんだが」

「じ、じごく？」

「ひどい頭になったな」

男は鳥についばまれて乱れた葉月の髪を撫でた。その指先がとても優しく、今まで恐怖に跳ね上がっていた心臓が「別の打ち方」になる。

「話を聞きたい。おまえが誰にも知られたくないというなら情報は一切もらさない」

男は葉月の顔を正面から見た。黒くて強い瞳の光。どこかで見たことが……会ったことがあるような。いつも身近にいる人のような気がする。

「七不思議の話を聞かせてくれるか？　サバエハヅキ」

男の言葉に葉月は小さくうなずいた。

目の前には吉永樹理子と追いかけてきた男が座る。背の高い優しげな風貌の青年が、葉月のために椅子を引いてくれた。黒づくめの男と違い、彼はカラフルな柄のシャツを着ていた。

「なにを飲みますか？」

聞かれたので小さな声で「カフェオレ」と頼んだ。

「冷たいのを……」

「はい、どうぞ」

目の前に店のロゴの入ったコップとストローが置かれる。それを見たとたん、胸がぎゅっと摑まれたように痛くなった。のどの奥から熱いものがこみあげ、目の縁が濡れてくる。

母親が入院する前は、ときどきこうして一緒にファーストフード店に来ていた。義父がいる時間は家から出ることができない。いつも義父の顔色を窺ってオドオドしている母は、店でわずかに息がつけているようだった。

母はコーヒーを、葉月はカフェオレにシロップをたっぷり、彰人はオレンジジュース。ほんのわずかな時間のささやかな幸せ。懐かしいと思えるくらい昔のようだ。

カフェオレを前にぽろぽろと涙をこぼす女子中学生なんて奇妙だろうに、三人の大人たちはなにも言わない。だがその沈黙は冷ややかではなく、心地よかった。

葉月が鼻をすすりあげたとき、はじめて樹理子がハンカチを差し出してくれた。

「……ありがとう、ございます」

「いいのよ。いろいろあるよね」

声が優しく耳に触れる。母が入院してからこんな優しい声は聞いたことがない。それだけでまた涙が出そうだったので、あわててハンカチで押さえた。

「落ち着いたら七不思議のことを話してもらおうか」

樹理子の隣の男が言った。改めて見るとぜんぜん知らない顔だ。さっきはどうして見たことがあると思ったのだろう。でもこの人は私を知っていた……。

「この人は大央さん、こちらは小野さんです。あなたの発信した七不思議について調べていらっしゃるの」

樹理子が紹介する。小野という青年はにっこり笑って頭を下げたが、大央と呼ばれた彼はむっつりとした顔で葉月を見ているだけだ。

「あの、どうして私のこと……」

「鯖江家の前で父親に引きずられ怒鳴られていたおまえを見たんだ」

すらすらとよどみなく答える男に、そうだったのか、と納得する。人が集まるというのはこういうことなのだ。

「あの七不思議の記事はあなたが投稿したことで間違いないのね？」

樹理子に言われて葉月はうなずいた。

「もともとはどこで見つけたものなの？」

責めているような口調ではなかったので、葉月は落ち着いて答えることができた。

「……ネットで……都市伝説を調べて新宿に関係あるのを集めて……でも数がたりなかったので自分で作ったのもあります」

「創作したってことね」

葉月はうつむく。

「あなたはほんとに鯖江さんのお嬢さんなの？」

顔を上げると樹理子の真剣な目があった。

「都議の、鯖江克文さんのお嬢さん」

「……はい」

自分でも聞き取りにくいほどの声で葉月は答えた。

「七丁目の鯖江家は呪われている」

大央の言葉に背筋がひやりとした。

「これは創作なんだな？」

　葉月はさらに深くうつむいた。

「どうして自分の家を七不思議に交ぜたの？」

「それは……」

　答えて信じてもらえるだろうか？　今まで教師にも病院の先生にも言ったが、誰も信じてはくれなかったのに。

「あんな記事を書いたら物見高い人たちが押し寄せてしまうでしょう？　現にあなたの家の写真がネットにたくさんあがっていたわ。あまりいいことじゃないと思うんだけど」

「……」

　葉月は答えようとして口を開けたが、二、三度パクパクさせただけだった。本当のことを信じてもらえないのは怖い。

「人を集めたかったのか？」

　今まで黙っていた大央という青年の言葉に、葉月は心臓が跳ね上がる思いだった。

「大勢の人間の耳目が必要だった」

「え？　なんのためにですか？」

　葉月の隣に座っていた小野が首をかしげる。

「自分の家を見世物にして大勢の人間を集める。みんなが写真を撮り、のぞき込もうとする。そういう状況が必要だった」

葉月はおそるおそる顔を上げ、大央を見つめた。大央の視線がまっすぐに向いて、まるで心の中まで見透かされているようだ。

「家を見張っててほしかったのか？」

ドキドキと鳴っていた心臓が止まりそうになった。

「え？　なぜ、なの？」

樹理子が大央と葉月の顔を交互に見た。

「家を見張るってどうして？　家の中でいったいなにが……」

「こ、殺されるから……っ！」

葉月はようやくの思いで言った。声が聞き苦しいくらいかすれている。

「私と弟が……殺されないように、見張っててほしかったの！」

「殺されるって、だれに」

樹理子が押し殺した声で言う。葉月は顔をテーブルの上に伏せるようにして言った。

「あいつ……っ　鯖江、克文！」

信じてもらえるだろうか？　都議という地位にある義父が、外面のいいあの男が、なんの不自由もしてなさそうなヤツが、毎日自分と幼い弟に暴力を振るっているなんて。母親を階段から突き落として意識不明にしてしまったなんて。

「……まさか」

樹理子は小さく口を開け、呟いた。その言葉は葉月を谷底に突き落とすには十分だった。

今まで何度も訴えてきた。だが返ってくるのは「まさか」という言葉ばかりだ。以前、懸命に訴えた末、ようやく教師が自宅に来てくれた。だが、自信に満ちた父の態度と穏やかな言葉にだまされて「お父さんに迷惑かけてはいけないよ」と笑いながら帰って行った。

そのあと、ひどい折檻（せっかん）を受けた。自分ではない、弟がだ。

そのため弟は二週間近くベッドから出ることができなかった。そのときからもう周囲に助けを求めることをやめてしまった。

やはり信じてはもらえないのだ。葉月は膝の上で両手の拳を握った。

「鯖江葉月は嘘（うそ）は言っていない」

静かな声が聞こえた。驚いて顔を上げると大央がやはりじっと見つめている。

「え、そ、それはなんで……」

樹理子が不審げに声をあげたが、大央はにやりと笑みを返した。

「このくらいなら浄玻璃鏡（じょうはりのかがみ）がなくても真実かどうかわかる。俺に嘘は通用しない」

大央は再び葉月に目線を向けた。

「人が集まれば警官がやってくるだろう。そうすればその間、父親が暴力を振るうことはない。そう考えたんだ」

その通りだ。どうしてこの人は私の心がわかるのだろう。

「そんな……だってお父様が……」

「あいつ、父親なんかじゃない！　血なんてつながってない！」

言い掛ける樹理子の言葉を葉月は遮った。

「え、そ、そうなの？」

「お母さん、私と弟を連れて再婚したの……あんな男だって知ってたら絶対やめさせたのに」

母は鯖江の選挙事務所で働いていた派遣社員だった。事務所での鯖江は朗らかで優しく、なぜこの人が独身なのか不思議だと母は言っていた。鯖江は時折家にお菓子を持ってきてくれて、葉月もそのときは小学生で、鯖江に懐いていた。

母親から鯖江に結婚を申し込まれていると打ち明けられたときには、ずっと一人で働いていた母親が幸せになれるならと応援もしたのに。

結婚して一年もしないうちに鯖江の暴力が始まった……。

「鯖江都議に暴力の話なんて今まで一度も……」

「家庭の中は密室だからな」

あがらうような樹理子の言葉に大央が返答する。葉月は急いで頭を上下させた。

「お、お母さんも、いつも殴られてた。今入院してるの、あいつが階段から蹴り落としたの！」

「それが本当ならDVよ、傷害事件だわ！」

打って変わって樹理子が憤慨した口調で言う。葉月は身を乗り出して彼女に顔を近づけた。

「本当よ！　本当なの！　あいつ、おかしいの！　お母さんを殴りながら笑ってるの。お母さんが入院して、あいつ、私が寝ていると部屋に来るの、だからっ！」

「わかった」

大央が立ち上がる。それに小野があわてて声をかけた。

「ど、どうするんです、エン……大央さん」

「簡単な話だ。今から行ってそいつをぶっとばしてくる」

「ちょ、」

小野は大央の腕を摑んだ。

「簡単な話じゃないですよ」

「なんでだ？　吉祥寺のときも同じことがあったじゃないか」

「あのときとは状況が違います。あのときはお母さんが子供たちを守る決意をされましたし相手の男も仕事をしていないただのヒモでした。だから脅して追い出すことで済みました。でも葉月さんのお父さん……」

言ってから小野は葉月の顔を見て首を振り、言い直した。

「いえ、鯖江克文は都議という地位もある人ですし、お母さんは入院中です。ただぶっとばすだけじゃ葉月さんたちを守れませんよ」

「そうですよ、鯖江都議が暴力を振るっているという証拠が必要だわ、その上でお嬢さんたちを保護しないと」

小野と樹理子が大央にすがりつくようにして椅子に戻した。大央は憮然とした顔で腕を組む。

「面倒だな」

「でも証拠と言っても……」

小野が申し訳なさそうな目を葉月に向ける。

「こ、これは証拠になりませんか!?」

葉月は叫ぶと自分の学生服、ブラウスの裾をめくりあげた。その下の肌着もめくると、白く若い肌の上に青黒い痣が浮かんでいる。

「それ……」

小野はショックを受けた顔をした。

「蹴られたんです」

樹理子は立ち上がり葉月の横に回ると、そっとブラウスを下ろさせた。

「ひどいわ」

声が震えている。唇を噛(か)んできっと大央を振り返った。

「どうにかならないかしら、大央さん」

「それは証拠としては弱いだろう。どこかへぶつけたんだと言われたらそれきりだ」

樹理子は葉月の横にしゃがんだまま、ドン！　とテーブルの上を叩いた。

「葉月さんたちにこれ以上暴力が振るわれるのを待つわけにもいかないわよ」

「そ、それが証拠になるなら私、なんだって……！」

「だめよ、そんなの」

立ち上がろうとした葉月の肩を、樹理子が両手をあげて押さえる。

「だいたいそんなに都合よく証拠を押さえられたらテレビ局だってスクープに苦労しないわ」

「……テレビ局」

ふと大央が呟いた。

「なるほど、テレビ局か。証拠を手に入れカメラに収めればいい」

「え？」

大央以外の三人がそろって声を上げて顔を見合わせた。

「ここはひとつ、鯖江葉月……おまえに死んでもらおう」

大央は葉月の目を見てにやりと人の悪い笑みを浮かべた。

四

鯖江克文は都庁の向かいにある都議会議事堂から出ると、ポケットからスマホを取り出した。画面を操作してＳＮＳを立ち上げる。鯖江家と検索するとずらずらと七不思議関係の記事が出てきた。

「くそ……」

なにが七不思議だ、うちが呪われているなどと馬鹿げたことを。

いったい誰の嫌がらせなんだ。あいつか？　いや、あいつだろうか。自分が都議の座から失脚するのを狙っている人間は大勢いる。

車寄せにタクシーが数台停まっていた。都庁から七丁目の自宅までは歩いてもさほど時間はかからない。だが鯖江はいつもタクシーを利用していた。

先頭の黒い車に乗り込み、「七丁目の鯖江まで」と告げようとして止めた。たいていはこれで通じるが、七不思議のことを知っていたらあの鯖江だと分かってしまう。〝呪われた家〟の客を乗せたなどと酒のつまみにされるのはごめんだった。

「七丁目の……まで」

近所のファミリーレストランの名前を言う。そこからなら歩いても三分ほどだ。タクシーの運転手は「かしこまりました」と丁寧に答え、車を発進させた。

スマホの画面を見ていると、「七丁目の鯖江家」の記事が次々と更新されていく。自宅の写真だけでなく、鯖江の写真、娘の写真まで晒(さら)されていた。

今日も家の周りに野次馬が詰めかけているのだろうか？　警察に頼んであるが、集まってくる人間を強制的に排除できないようで、いたちごっこが続いている。

(役に立たないやつらだ)

築二〇年にも満たないのに、鯖江家は写真の中では薄汚れ、暗い印象だ。「呪われた家」というキャプションがつくだけでこんなふうに見えてしまうのだろうか。

ガクンと車がつんのめるように止まった。衝撃に顔を上げると、目の前の道路で工事をしている。

「すみません、お客さん。ちょっと迂回(うかい)しますね」

運転手がこちらを見ずに言う。不愉快だったが工事では仕方がない。鯖江は声を出さずにうなずいた。

しばらく走っていると急に右に曲がられ、体が片側に押しつけられる。驚いて前を見るとまた工事の看板があった。

「おい、道路工事なんてナビで分かるだろうが。なぜ、最適な道を通らない」

苛立ちで思わずきつい声音になった。

「すみませんね、急な工事のようで、ナビも追いつかないみたいで」

運転手は背中で答える。

「そんなことはないだろう、ちゃんと情報を見ているのか」

「すみませんね、勘弁しておくんなさい」

その言い方が適当な感じだったのでまた腹が立つ。

「なんでもいいから早くしてくれ」

「かしこまりました」

運転手が答えて車はぐっとスピードを上げた。だが、角へくると曲がり、また角で曲がり、そのたびに体が右へ左へと押しつけられる。狭い道を走る速度ではなかった。

「おい」

鯖江は運転手の後頭部に向かって言った。

「乱暴な運転をするな」

「そういやお客さん、七丁目でござんすが」

　運転手は鯖江の文句を無視した。

「あそこに呪われた家ってあるの、ご存じですか」

　ぎくりとする。やはり運転手も七不思議を知っているのだ。

「知らん」

「あたしも見に行ったことがあるんですがね、確かにいやあな感じのする家でござんしたよ」

　古めかしい言い方がわざとらしく鼻につく。

「なにがいやな感じなんだ、ふつうの家なんだろ」

「なんですかねえ、住んでいる人間の性（しょう）が悪いんですかねえ。下品で下劣で暴力的な感じでござんすよ」

「なんだって？」

「子供の悲鳴が聞こえてくるんでござんすよ、かわいそうに」

　運転手は悲しそうに言う。

「あたしは子供が大好きでしてねえ、子供にむごいことをするお人は地獄へお連れしてもいいと思っているんでござんすが」

　キイッとまた乱暴に車が止められ、鯖江は額を前部座席の背にぶつけた。

「お客さん、すみませんねえ。行き止まりになっちまったようでござんす。お代はいりませんのでここで降りてもらえませんか」

「な、なんだと!?」

確かに目の前は大きな壁になっている。両側も塀でまったくの袋小路だ。

「七丁目のお宅まではすぐの筈(はず)でござんすよ……鯖江さん」

おもむろに振り向いた運転手の顔を見て、鯖江は悲鳴を上げた。それは人の顔ではなかった。石でできた地蔵の顔だ。

「うわああっ!」

鯖江がのけぞってドアに体をぶつけると、ドアはすぐさま開いた。勢いあまってドアから地面へ転がり落ちる。

「うわあっ!　うわあっ!」

鯖江は悲鳴を上げながらもたつく足で立ちあがり、タクシーから離れた。角を曲がると確かに近所の住宅が建ち並んでいる。ここから家まではすぐだ。

壁にすがって立ち止まり、心臓の鼓動が収まるのを待つ。

鯖江は何度か大きく呼吸を繰り返すと、おそるおそる角から首を出した。

「いない……」

タクシーから降りてまっすぐこちらに走ってきたはずだったのに、そのタクシーがいなかった。目の前に立ちふさがっていた壁もなく、ずっと道路が続いている。袋小路だと思ったのは勘違いだったのか。

「な、なんだったんだ……」

落ち着いてくるのと比例して怒りが湧いてきた。あの運転手は自分が七丁目の鯖江だと知っていたのだ。だからきっとマスクなんかをかぶって脅かしたのだ。さんざん回り道をして嫌がらせをして。

「くそぅ……」

鯖江はスーツの汚れを払った。タクシーの社名を覚えていなかった自分にも腹が立つ。しっかりと抗議をすべきなのに。

煮えくりかえるような怒りが体を熱くした。ぎりぎりと奥歯を噛みしめ歩き出すとすぐに自分の家が見えた。相変わらず野次馬がいる。まったく数が減っていない。

「おい、どけ。どいてくれ」

鯖江は野次馬をかき分けながら進んだ。ざわざわと周りから言葉が降ってくる。

「呪われた家……」「七不思議……」「ＳＮＳで……」

「うるさいっ！」と叫び出しそうなのをこらえながら鯖江は玄関を目指した。

「投稿したのは……」「噂を立てたのは……」「この家の……」

はっとした。顔を上げ周りを見回す。

今誰かが言わなかったか？　七不思議で家のことを投稿したものはこの家の娘だと。集まっている野次馬たちはみんな顔の前にスマホやガラケーを立てていて、誰が話したのかわからない。だが確かに聞いた、この耳で。

「……そういうことか」

かあっと額が熱くなった。獅子身中の虫とはこのことだ。あいつらが嫌がらせをしていたのだ。

「どけ！　どけ！」

鯖江は野次馬をかき分け家へはいった。

「葉月！　彰人！」

鯖江は玄関で靴を脱ぎながら怒鳴った。

「葉月！」

廊下は照明が消えていた。突き当たりのリビングも暗い。しかし、階段の上の方がわずかに明るい、二人とも自分の部屋にいるのだろうか？

ドカドカと足音も荒く、鯖江は二階へ上がった。

「葉月！」

娘の部屋に入ると、弟の彰人が一緒にいた。

二人は勉強机の前に座り込んでいたが、葉月の手の中にはスマホがあった。ＳＮＳを表示させているのだと鯖江にはわかった。

「葉月、おまえだったんだな！」

部屋に入り込むと鯖江は葉月の手からスマホを奪った。案の定、スマホの画面には「新宿七不思議」という記事が表示されている。

「どういうつもりだ、あることないこと書き込んで、家を見世物にして、なにを考えている！」

葉月と彰人は逃げようとした。その襟首を掴まえて床に叩きつける。うずくまったところを背中と言わず腰と言わず激しく蹴りつけた。

「おまえたちは俺が拾ってやったんだぞ！　俺がいなけりゃあのまま六畳一間のアパートで暮らしていたんだ！　貧乏なままで、みじめなままで！　高校や大学へも、俺の金がないといけないんだ！　おまえたちは俺に感謝すべきなんだよ！」

激しく蹴っているうちに足の裏が痛くなってきた。鯖江は身を丸めている娘の腹を狙ってつま先を蹴り入れた。

「っぎゃッ……！」

ガツンという音とコキリという何かが折れる音がして、鯖江は悲鳴を上げた。まるで硬いコンクリートに親指をぶつけたようだった。尻餅をついた鯖江は足を両手で包んだ。

「い、いた……っ、きさま、腹になにかいれているな！」

葉月が顔をあげた。その唇には笑みが浮かんでいる。

「べつになにもいれてませんわぁ」

からかうような明るい声に、鯖江はかっとなって足の痛みも忘れ、葉月に摑みかかった。

「くそガキッ！」

髪を摑むと小さな悲鳴が上がる。その声にわずかに溜飲（りゅういん）がさがった。鯖江はそのまま葉月を階段までひきずってきた。

「反省しろ！」

そう叫んで蹴り飛ばす。葉月は悲鳴も上げずに階段から転がり落ちた。

鯖江は駆け下り、うずくまる葉月をさらに蹴った。

「このっ！　このっ！　このっ！」

葉月の体が跳ね、首ががくがくと揺れる。鯖江はその頭も蹴り上げた。

その瞬間、葉月の頭はまるでボールのように胴体から離れ、壁にぶつかった。

「えっ」

ごろりと娘の首が床に転がる。目を見開き、口を少しあけたあどけない顔だ。

「そ、そんなばかな」

背後で小さな音がした。なにかをひっかくような音だ。振り向くと娘の体がびくびくと動いている。

「ひいっ!?」

首のない娘の四肢がもがきながら起きあがった。

「ひどぉい、首がとれてしまいましたのよぅ」

床に転がったままの首から声がした。

「ひどいことするのねー」

階段の上に彰人が腰を下ろしケタケタと笑った。

「等活地獄(とうかつじごく)いきですー」

「うわあ!」

悲鳴を上げて鯖江は玄関に飛び出した。家の外にはまだ野次馬たちがいるのか、ざわめきが聞こえる。

「た、助けてくれ! 化け物が!」

玄関のドアを開け、鯖江は外へ飛び出した。家の前にはたくさんの人間たちが集まっている。

「助けて……」

　一番前の人間に飛びつこうとして、だが、鯖江はたたらを踏んだ。そこにいたのは人間ではなかった。ざんばらな髪に赤い肌、角を生やし、牙をむいた、そうだ、絵物語でしか見ることのないその姿は――。

「お、鬼っ!?」

　鬼たちがじわりと鯖江に迫る。鯖江は再び悲鳴を上げ、家の中へ駆け戻った。ドアを閉め、廊下を走りリビングへと飛び込む。薄暗いリビングのテーブルの前に女が一人座っていた。

「おっ、おまえっ！」

　それは入院している筈の妻だった。鯖江が階段から蹴り落として救急車で運ばれ、いまだに意識を回復しない妻。

「……あなた」

　妻はうなだれていた顔をあげ、微笑んだ。その首が――。

　ごとりと床に落ちる。

　首のない妻はゆっくりと立ち上がった。

「あなたぁ」

　声は床に落ちている首からする。鯖江は声をなくして壁に張り付いた。

「あなたぁ」

首のない妻が近寄ってくる。

気絶したい、と鯖江は思った。これは悪夢だ。だから気を失えば夢から覚める。

だが、優しい暗黒がやってくることはなかった。


鯖江千鶴(ちづる)が目を覚ましたとき、最初に見えたのは娘と息子の顔だった。

「お母さん！」

「おかあさん！」

娘の葉月と息子の彰人は目に涙を浮かべて母親にしがみついた。

「はづき……あきと……」

手を動かして二人の頭を撫でようとして、千鶴は顔をこわばらせた。

「あのひとは……おとうさんは……」

それに葉月は自分から母親の手を握り、励ますような笑顔を向けた。

「警察だよ。あいつ、捕まったんだ」

「え？」

「家の周りにいた人たちに乱暴して、警戒していたおまわりさんに逮捕されたの！」

鯖江克文は意味のわからないことを叫びながら家から飛び出し、写真を撮っていた野次馬たちに殴りかかったのだという。その様子はたまたま取材に来ていたＦＴＶのテレビ局スタッフのカメラで収められ、夜のニュースとして放送された。

傷害の現行犯で逮捕された鯖江克文は、その後、葉月や彰人の証言で家庭内暴力を振るっていたことも明らかになり、二人の母親の事故にも関わっていたとして再逮捕された。

「吉永さん、大央さん、小野さん」

数日ぶりに会った葉月は長かった髪をばっさりと切り、少年のように見えた。

「お世話になりました、ありがとうございます」

「髪、切っちゃったのねえ」

吉永樹理子は目を細めて少女を見た。葉月は照れ臭そうに襟足を撫で、

「本当はずっと切りたかったんです。でもあいつが女の子は髪が長くないとだめだって切らせてもらえなくて――ずっとずっと、いやだったんです」

義父に性的な目で見られていることに耐えられなかったのだろう。髪と一緒に辛い過去も切り捨て、葉月はこれからを生きていくのだ。

「施設はどうですか？」

三人は葉月を先日と同じファーストフード店に誘った。篁の言葉に、カフェオレを頼んだ葉月は大きな笑顔を見せる。

「はい、みなさんに親切にしていただいています。母が退院したら、一緒に住める家も今探してもらっています」

「それはよかった」

鯖江都議は退職となり、勾留されている間に子供たちは児相預かりとなった。略式起訴が行われ釈放されたあと、鯖江は離婚に応じた。地蔵がつけた優秀な弁護士が慰謝料を大きくふんだくり、このあとは母子三人で暮らせるだろう。

「吉永さんや大央さんのおかげです」

「俺はなにもしてねえよ」

炎真はアイスコーヒーをストローで勢いよくすする。

「私だって何もしてないわ。ただ大央さんに言われて家の前でカメラを回していただけよ」

「でもそれって大央さんが、なにかされたんじゃないんですか？」

「なにもしてねえって」

炎真はそっけない口調で言った。

「俺がなにかしていたってそれをおまえに言うつもりはないし、おまえには関係のないことだ、おまえはただ、母親や弟を支えて新しい生活を楽しめばいい」

「エンマさま、言い方」

篁が呆れた口調で言う。その名前に葉月は目を見開いた。

「え？　エンマさまって……」

「ああ、ごめんなさい。言ってなかったわね。この人のお名前、大央炎真さんって言うの」

「えんま、さん」

葉月は目をぱちぱちと瞬かせた。

「ほんとに？　わあ、すごい偶然！」

「え？」

聞き返す篁や樹理子に、葉月は「うふふ」と肩をすくめた。

「私、持ってるんですよ、閻魔さまのフィギュア。偶然拾ったものなんですけど」

「ええっ!?」

篁が大声を上げる。

「え、閻魔さまのフィギュアって……閻魔大王のフィギュア？　拾った？」

葉月はちょっと体を引き、上目で篁と炎真を見上げた。

「え、ええ。なんか持ってると勇気が出てきて……七不思議のアイデアもそれを拾ってから思いついたからお守りみたいに思ってて」

「そ、それ、見せていただけませんか？」

食い気味に言う篁の勢いに、とまどいながらも葉月は肩から下げていた布のサコッシュに手を入れた。

「えっと、これ――」

スマホを取り出し、「あれっ」と声を上げる。

「ない！」

「えっ？」

「なんで？　今朝はついてたのに！　どこへいっちゃったの？」

葉月はサコッシュの中から財布やハンカチ、カードケースなどを取り出し、小さな布の袋を逆さにした。だが、閻魔の小さな人形は出てこない。葉月は泣き出しそうに顔を歪めた。

「どうしよう、お守りだったのに……」

「葉月さん、そのフィギュアってこれくらいで」と、篁は親指と人差し指で五センチくらいの大きさを示した。「赤い顔をした閻魔大王だったんですか？」

「はい、そうです……え？　もしかしてあれ小野さんのだったんですか？」

「僕のというよりエンマさまの……」

「もういい、篁」

炎真は篁の肩を叩いた。

「吉永が調べてもらった調査会社も言っていただろう？　葉月の投稿した記事の拡散の仕方が異常だったって。ありえないバズり方をしてたって。それがアレの仕業なら納得がいく」

「ああ……」

以前、命の火が消える寸前の舞姫に力を与えたこともある。人の思いを受けて大きな影響力を発するやっかいな人形――地獄の王の身分証。

「あいつ、完全に俺から逃げているな」

「意志を持っているってことですか？」

「そうかもな」

炎真はサコッシュに手を突っ込んだまましょんぼりしている葉月に腕を伸ばした。髪を切った頭を撫でてやる。

「お守りとして大切にしてくれたんだな。だからあいつも力を貸したんだろう」

「人形が？　力を貸す？」

「地獄の大王を模したものだからな……だがおまえにはもう必要ない」

葉月は首を振った。短い髪が日差しを弾いて天使の輪を作る。

「でも、心細いよ。いつもあれを握ると勇気が出たのに」

「その勇気はおまえの中にあるものだ」

葉月は顔を上げた。炎真はその瞳を力強く見つめてやる。

「ちゃんとおまえが持っている。自分を信じろ」

「……うん……はい」

葉月はうなずいてはにかみを乗せた笑顔を返す。

「ありがとう、炎真さん」

葉月は何度も頭を下げ、帰って行った。その後ろ姿はリズミカルに弾み、最初に会った時の暗い影はどこにもなかった。

「ところで大央さん、鯖江元都議の処分は軽すぎると思いませんか」

「処分？」

葉月の姿が見えなくなってから、樹理子が憮然とした表情で言った。

「略式起訴で傷害事件は示談になって、結局罰は受けなかったじゃないですか。鯖江はまだあの家で悠々自適で暮らしてますよ」

「それは現世の処分だろ」

炎真は肩をすくめた。

「おそらく相当の罰は受けているだろうぜ」

「え？」

「七丁目の鯖江家……七不思議はまだ生きている。誰かがひとつ拡散するたびに、呪いは積み上げられてゆく。呪いは終わっていない。むしろ始まったばかりだ」

「どういうこと？」

樹理子の問いに炎真は笑って答えない。

「みやげにうまいチョコレートケーキを買って帰らなくちゃならねえんだ。どこか知らないか？」

「ごまかさないでくださいよ」

「本来の仕事じゃない仕事をさせたと文句を言っている子供が二人いてな」

「子供？　まさか大央さんの？」

驚く樹理子に篁が笑って手を振る。

「司録(しろく)と司命(しみょう)って言うんですよ。樹理子さんにも紹介しましょう。ＦＴＶで放送している魔女っ子アニメが大すきでしてね」

「あら、うちの子も男の子だけど大好きなのよ。話があうかしら……」

終

鯖江克文は家のリビングにいた。ソファに腰を下ろし、ぼんやりとテレビを見ている。テレビに映っているのはバラエティ番組だったが、鯖江にはなにが行われているのかわからなかった。ただ男女が甲高い声でしゃべっているだけだ。

部屋の四隅は暗かった。照明がついているのに光が弱いせいだ。

のどの渇きを覚えて鯖江は立ち上がり、キッチンへ入った。流しの水道の蛇口をひねる。だが、コップの中に入った水は赤茶けた鉄さびの色をしていた。

鯖江はそれを捨て、もう一度いれた。だが、それもやはりさび色だ。口をつけると強烈な鉄の匂いが鼻をつく。鯖江は諦めて水を捨てた。

冷蔵庫を開けると食料がたくさん入っている。外へ行かなくても済むようにたくさんストックしてある。足りなければ通販で買う。

ハムを取り出すと、封が開いていないのに、中にカビが生えていた。

チーズも青かったり白かったり、やはりカビまみれだ。

野菜にはどれも虫がたかっている。

インスタントラーメンの袋から蟻（あり）が湧きだしてきたこともある。

冷蔵庫を閉めてリビングのソファへ戻る。ソファの上に黒いものが見えた。それはゆっくりと動いて背もたれの方へ移動し、見えなくなった。

テーブルの上にはウイスキーのボトルがあった。酒だけが唯一口にできるものだった。

ソファに座ってボトルを摑み、直接口に運ぶ。アルコールが喉を焼いた。

テレビの画面に目を向けると、そこから女が出てくるところだった。昔そんなホラー映画があったなとぼんやりと思う。恐怖はない。全てに現実味はなかった。

長い髪で顔を隠した女の手が足首に触れた。鯖江は足を持ち上げ、女の腕を踏んだ。足の裏に柔らかな弾力があった。

女は二体に分かれていた。右と左からそれぞれじわじわと体に這いあがってくる。

鯖江は肩を揺すった。女の姿は消えていた。幻覚なのだ。きっとアルコールで脳がやられているのだろう。

どれもこれも幻覚なら、あの鉄さびの水も、カビの生えた肉も、虫だらけの食材も食えるのかもしれない。

鯖江はもう一度身を起こしてキッチンに行くと、冷蔵庫を開けた。

冷蔵庫の食材は腐っていた。野菜は液状化し、肉は変色しぬるぬると光り、プラスチックの容器でさえ溶けている。

鯖江は食材を手に取り口に入れた。

(幻覚だ)

ものすごい腐敗臭に喉元からせりあがるものがあった。

(幻覚なんだ)

あまりの匂いに刺激を受け、涙まで出る。

鯖江は腐敗した食物を食べた。食べ続けた……。

第三話

えんま様、海の声を聞く

more busy 49 days
of Mr.Enma

序

昨日もあの夢を見た。

海の夢だ。

故郷の浜の夢。

自分がそんなに地元愛があるとは思っていなかった。学生の頃は、磯臭(いそくさ)い田舎から出て東京に行きたいと思っていたのに、いざ上京すればあの海に帰りたいと思っている。

夢の中で自分は泳いでいる。

子供の頃から親しんだ浜で。

ゴーグルをつけ、スキューバをくわえ、遊泳禁止を示しているブイぎりぎりまで泳ぐ。

夏の日差しが海面から入り、底の白い砂を照らしている。

自分の影がゆらゆらと映っているのが見える。その上を、銀色に光りながら小魚の群れが泳いでゆく。
小魚の群れを追うと、向こうに白いものが漂っていた。
泳いでいる自分に呼びかける。
そっちへいっちゃいけない、と。
またアレを見てしまう。見たくないんだ。
白いものの輪郭がはっきりしてくる。
それは二本の腕と二本の足を持った人間の姿だ。
男の子だということはわかっている。
よく知っている子だということもわかっている。
でも名前が思い出せない。
海の中で自分はその子に近づいていく。
(やめろ！　近づくな！)
もう少しで手が届く。がくりとのけぞった首、丸い頬。
指先がその子の肩に触れたとき、水が動いたのか、首がゆっくりと巡った。
その顔――。
その顔は　決して　見ては　いけないのだ。

一

「ゆずちゃーん、こっちこっちー」

「つっかまえたあ！」

「わー、捕まっちゃったー！」

「次は司録が鬼ですぅ！」

子供の声がジゾー・ビルヂング七〇四号室に響きわたる。

地獄において炎真の記録係である司録と司命、それに猫又のゆずが、椅子の上に、テーブルの上に、冷蔵庫の上に、乗ったり降りたり駆け回って遊んでいる。

「高鬼」というこの遊戯では、逃げるものは鬼より高い場所にいなくてはならない。だが、その場所にいられるのも五秒だけというルールがあるので、飛んだり跳ねたりしながら逃げ回ることになる。

「こっちこっちー！」

ゆずがソファの上で跳ねて、くるっと回ると猫の姿になり炎真の頭頂を踏んだ。そのまま篁の肩に乗る。

「わあ、篁さまぁ、しゃがんでくださーい！」

男の子の司録が冷蔵庫の上から叫ぶ。

「ゆずちゃんずるいですのぅ！　猫になっちゃだめですのぅ！」

女の子の司命もソファの背によじのぼって叫ぶ。

ゆずは篁の上で、ふふーんと胸を反らした。

「どや！　篁はこの部屋で一番高いからなー」

「……三、二、一　アウトー！」

「おっと！　セーフや」

どたんばたんと部屋で埃(ほこり)と歓声が舞う中、グルメマンガを読んでいた炎真がとうとう雑誌をテーブルにたたきつけた。

「うるさいぞ!!」

ビリビリと窓ガラスに反響する。その大声にさすがにゆずもびっくりして篁の頭から転がり落ちた。むろん、猫なのでくるりと回って無事に着地をしたが。

「ごめんなさいー」

「ごめんなさぁい」

「ごめぇん……」

司録と司命、それにゆずはしょんぼりとうなだれた。

三人はほぼ同じくらいの身長だったが、見た目ではゆずの方がややあどけなく見える。司録と司命はもう二〇〇年くらい炎真の記録係をしているが、ゆずは一昨年(おととし)あたりに猫又になったばかりだった。

もともと飼い猫だったが、寿命を迎えたとき、飼い主への強い念を残して猫又に転成したのだと言う。

「そもそも鬼ごっこは部屋の中でするもんじゃねえ！」

最初は三人でボードゲームをしたり、花札をしたりしておとなしく遊んでいたのに、なぜ部屋の中で鬼ごっこが始まってしまうのか。

「だいたい、獄卒であるおまえらが鬼ごっこをして楽しいのか！」

「子供が三人で真剣に遊び始めると部屋なんかあっという間に破壊されますねえ」

篁が倒れた椅子やめくれあがったラグを直しながらぼやいた。

「それに司録、司命！　おまえたちはなぜいつまでも現世(こっち)にいるんだ。仕事は済んだんだからさっさと地獄へ戻れ！」

炎真は二人の獄卒に怖い顔をして見せた。

「だってー」

「だってぇ」

たもとの長い着物のような衣装を着た二人は、よく似た顔に不満げな表情を浮かべた。

「なにが〝だって〟だ」

「エンマさまがいないと地獄もヒマなんですー」

「お仕事がありませんですわぁ」

司録と司命は地獄において、求めに応じて書庫から人間の記録を出したり、書き入れたりする。確かに閻魔大王がいなければ裁判も行われず、二人の仕事はない。

「前、吉祥寺にいたときは、それでもお呼びがかかったのにー、新宿にきてからはあまり呼んでもらえないしー」

「こないだ、呼び出されて嬉しかったんですのぅ、それにゆずちゃんとお友達になれたしぃ」

七不思議の事件のときに地蔵や司録、司命を使って小芝居を打った。そのときから帰っていないのだ。

「ゆずも正体明かして遊べるから嬉しかったんよ……あんまり司録と司命を怒らんといて」

ゆずが三角の耳をペタリと伏せて頭を下げると、司録と司命は「ゆずちゃーん」と抱きついた。

「エンマさま。お天気もいいですし、みんなで公園にでもいきませんか？」

子供と動物に甘い篁が三人の頭をじゅんぐりに撫でながら言った。

「エンマさまがそうやって部屋でゴロゴロしてらっしゃるばかりだから、子供たちは退屈なんですよ」

「休日の父親に向かって言うような台詞はやめろ！」


そんなわけで炎真と篁、それに司録と司命とゆずは、揃って部屋から外へ出た。緑のあるところに行きたい、走りたいと子供たちが言ったので、新宿御苑にまで足を伸ばした。

入園料がかかったので炎真はちょっと驚いたが、中に入って納得した。大きな庭園が三つもあり、温室も備わっているのだ。

新宿御苑は新宿と名がつくが、実際は新宿区と渋谷区にまたがっている。東京ドーム一二個分の広さの敷地に「日本庭園」、「イギリス風景式庭園」、「フランス整形式庭園」を有し、一万本を超える樹木が葉を茂らせていた。

繁みには彼岸花の仲間の紫君子蘭が水色や白い花を咲かせ、オニユリもオレンジ色の大きな頭を揺らしていた。

「わあ、まわりがきらきらしてますの——」

「緑のいい匂いがしますぅ」

「鳥がいっぱいおる！　獲（と）ってええ？」

子供たちはいっせいに緑の芝の上に駆けだした。手入れのされた庭園も広がっているが、子供にとっては駆け回れる広い芝生の方が魅力的らしい。

司録と司命は長い袖をひらひらさせて草の上を走り、でんぐり返り、ゆずは猫の姿になって木の幹に駆け上がった。

「平日の昼間ですけど、けっこう人がいますね」

篁は日差しに手をかざし、目を細めた。

「ここにもスタバが入ってるんだな」

炎真はガラス作りの四角い建物を見ながら言った。

「そうですね、休憩できる施設もたくさんあります。あ、おみやげもあるみたいですよ、覗いてみませんか？」

篁が嬉しそうに言う。すでに足はその方向に向いていた。

「公園のみやげなんかどうするんだ」

「いいじゃないですか、記念ですよ」

篁は芝生で転げ回っている二人と一匹を呼んだ。

「おみやげ買いますよー！」

「はーい！」

三人は揃って篁の前に走ってきた。ゆずはちゃっかりと司録の背中に乗っている。

「エンマさまはどうなさいますか？」

「俺はいい。そのへんぶらぶらしてる。ああ、金は使いすぎるなよ、地蔵がうるさいからな」

「はい」

四人はみやげもの屋へ向かった。見ていると店の前でゆずが人間の姿になる。ペット同伴では入れなかったらしい。

みやげもの屋の前には大きな池があった。上の池、中の池、下の池と呼ばれる三つの池で、それなりに深さもありそうだが、濁っていてよくわからない。

水鳥が数羽、水面に柔らかな線を引きながら泳いでいた。風が水に映った緑を揺らし、香気をまとって吹き付けてくる。

「デパ地下の喧噪(けんそう)もいいが、こういうのも落ち着くな」

炎真は池のそばに立つ木に体をもたせ、水に映る青空を見つめた。

「ん……？」

ふと顔をあげた。奇妙な気配を感じたからだ。

「あれは――」

視線の先に若い男がいた。スーツを着た、会社員という装いの青年だ。

「なんだ、ありゃ。なんであんなのがいるんだ……？」

澤田敏哉は新宿御苑の中の池付近のベンチに腰を下ろし、ペットボトルの水を飲んでいた。二リットルのボトルがもう空になりそうだった。

やたらのどが渇くけれど、東京の水道水はどうにも飲めず、妻に送ってもらった地元の天然水を飲んでいる。単身赴任で上京したが、稼いだ金を全部水に使っているような気がする。

（故郷に帰りたい……）

こちらに来てまだ一ヶ月も経っていないのに、その思いは日増しに強くなっている。故郷の海が恋しい。浜に寄せる波の音が懐かしい。沖からの風がいつも肌を扇いでくれていた。

（なにを子供じみたこと言ってるんだ、澤田敏哉。あと二ヶ月我慢すれば帰れるじゃないか、しっかりしろ）

妻のおなかには子供が宿っている。家族が増えるんだ、今ががんばりどきだ。

澤田は水産加工会社に勤めていた。地元で獲れた魚をかまぼこやすりみに加工して販売する会社だったが、ここ数年、売り上げは芳しくなかった。そこで社長の肝いりで、新しい加工品が企画、製造された。

完全に骨を外した魚の切り身を小分けパックで販売する。冷凍食品として売るので長期保存もできるし、調理も簡単だ。その売り込みのため、東京に新しく事務所を開き、営業をかけている。

大手スーパーの他、外食チェーンにも営業をしてはどうかと発案したのは澤田本人だ。責任者として抜擢(ばってき)され、役職もついた。ちょっとやそっとの暑さで参っていては仕事にならない。

(きっと寝不足なんだ……おかしな夢ばかり見るから)

海の夢だ。海の中で楽しく泳いでいて、でも最後はなにか恐ろしいものに出会って目が覚める。

そんな夢を東京へきてから頻繁に見た。夢に怯えて目を覚まし、そのあとは暑くて眠ることができなくなる。体は疲労が溜まってゆく一方だ。

仕事の帰り、緑に惹(ひ)かれて寄った新宿御苑。五〇〇円の入園料は高いと思ったものの、日差しを遮る緑の葉や、なによりたくさんの大きな池が心と体を癒してくれる。できるなら一日中ここにいたい。

澤田は再びペットボトルのキャップをひねった。のどを垂直に立てるようにして水を呷る。水が体の中を滑り落ちていくときだけが、生きているという感じがした。

「おい」

不意に呼ばれて、飲み込もうとしていた水が鼻を逆流した。

「げほげほっ、げほっ！」

澤田は背を曲げて大きく咳をする。

「おい、おまえ」

涙目で見上げると、目の前に黒いＴシャツを着た青年が立っていた。

「おまえ、なんでここにいる」

青年は怖い顔をして言った。自分より若そうな青年におまえ呼ばわりされむっとしたが、その顔つきが怖くて感情を面に出せなかった。

「え……？」

聞き返すと、彼はますます眉をひそめた。

「ここはおまえのようなものがいていい場所じゃねえぞ」

「な、なに……」

おまえのようなもの？　いていい場所じゃない？　なんで見ず知らずの他人にそんなことを言われなきゃならないんだ。

「おまえ、もしかしてわかってないのか？」

呆然（ぼうぜん）と見ていると、青年は驚いたような顔になる。

「どうしたんだ、なにがあった」

手を伸ばされる。その手が恐ろしくなって、澤田は持っていたペットボトルを投げつけた。

「あっ、てめえ！」

青年が避けたすきに走り出す。

「こら待て！」

背後で青年の声が聞こえたが、止まらなかった。捕まったら終わりだ、と頭の隅で誰かが叫んでいる。

背後から駆け寄ってくる足音が聞こえる。

だめだ、捕まっちゃ。誰か、誰か、助けて――――！

声をかけたら目の前から男が逃げ出した。

「おいっ！」

「エンマさま、お顔怖いですー」

「そんなドスの聞いた声で話しかけたら逃げちゃいますよぅ」

おみやげの袋を抱えた司録と司命、それにゆずが戻ってきてくすくす笑った。

「うるせえ！　文句ならこの器を用意した篁にいえ！」

炎真は投げられたペットボトルを拾い上げた。

「司録、司命。あいつを追え！」

「あいあーい」

「仰せのままにー」

「ゆずもいくー！」

三人はぱっと駆けだした。見た目は子供だが足は速い。池を回ってすぐに追いつきそうになった。だが。

「あぶねえっ!?」

池の表面がいきなり泡立ったかと思うと、ざばりと水が隆起し、柵を越えて子供たちに襲いかかった。

「きゃーっ！」

「司録！　司命！　ゆず！」

三人は水に搦(から)めとられ、そのまま池に引きずりこまれた。

「くっそ！」

炎真は柵を飛び越え、三人を追って池に飛び込む。池とはいえ、背の低い子供では足がつかないかもしれない。

「……っ大丈夫か！」

炎真は司録と司命を両脇に抱え、肩の上に猫に戻ったゆずを乗せて水面に顔を出す。ゆずはぶるぶると震え、司録も司命も目をぱちくりとさせていた。

「びっくりしたー」

「急に波がかぶさってきたのよう」

さすがに地獄の獄卒だ。怖がらずにかえって喜んでいる。ゆずだけは無言で炎真の肩に爪を立てていた。

「いてて、ゆず。もう大丈夫だから」

炎真が宥(なだ)めてもゆずの力は緩まない。

「エンマさま！」

岸で篁が叫んでいる。

「早くあがってください」

「おう」

だが遊泳するような池ではないので、上がり口も見つからなかった。

「仕方ない、放るぞ」

「ええっ!?」

炎真は司録と司命の襟首を持つと、

「せーの！」

両腕を振って二人をぽーんと空中に放り投げた。

「うわうわうわ」

岸で篁があたふたしている。

「篁さまー」

「受け止めてえ」

子供たちはくるくる回りながら空中を飛び、篁にぶつかるようにして抱き止められた。衝撃で篁が地面にひっくり返る。

「ゆず、あがるぞ」

炎真は肩の上のゆずの背をぽんぽんと叩いた。ゆずはようやく体の震えを止め、小さな声で答えた。

「水、苦手やねん……」

「そうか、災難だったな」

炎真は池の縁に生えている草を摑んで這いあがった。頭や背中に池に落ちた葉や藻がびっしりとついている。

「大丈夫ですか！」

「たいへん！」

公園にいた人間たちがばらばらと駆け寄ってきた。

「救急車、呼びますか？」

それに篁が「大丈夫です」「ありがとうございます、ご心配なく」とぺこぺこ頭を下げて帰ってもらった。

「ひどい目に遭いましたね」

篁は濡れねずみになった炎真から腕を伸ばしてゆずを受け取った。

「ゆずくん、もう大丈夫ですよ」

「ゆずちゃん、かわいそー」

「ゆずぅ、平気ぃ？」

司録と司命にも撫でまわされ、ゆずはすんすん鼻を鳴らす。

「濡れてていやゃぁ……」

炎真はTシャツを脱ぐと、それをぞうきんのように絞りながら、男が走り去った方を見た。

「わかってんのか、あいつ。……あのままだとやばいぞ」

澤田は仕事を終え、疲れ切って借りているマンションに戻った。

人と車と四角い建物が建ち並ぶ東京の中心地で、アスファルトは昼間の熱を抱いたまま大気を温(ぬく)めている。

部屋に入るとすぐに服を脱ぎ、浴室に直行した。お湯にする間もなく、冷たい水でシャワーを浴びる。

(ああ、生き返る……)

顔を上げ、水を浴び続けているうちに、疲れも流れ去っていくようだ。

今日はさんざんな一日だった。

仕事はうまくいかないし、一休みしようと寄った公園で変な青年に絡まれるし。

三〇分近くシャワーを浴び続け、体がすっかり冷えてしまった。バスタオルを巻いて部屋に戻り、そのまま敷きっぱなしの布団に倒れ込む。

(なんか臭い……)

上京してきて一ヶ月近く。

常にものが腐ったような臭いがする。マンションのそばにゴミ捨て場があるから、その臭いかもしれない。

(早く帰りたいなあ……)

澤田はすぐそばに脱いだスーツを引き寄せ、ポケットの中のスマホを取り出した。思った通りメールが着信している。いつも終業時間のあたりに妻の知佳が送信してくれるのだ。

――今日、スーパーでオレンジを買ったよ。妊娠すると柑橘系が食べたくなるっていうけどほんとだね。敏ちゃんはちゃんと野菜食べてる？　今日、おなかのなかで赤ちゃんが動いている感じがしたよ、どんどん大きくなっているんだね。

「……」

自然と笑みがこぼれてくる。

知佳は今日も元気だ。彼女のこの穏やかな生活を守るために働いているのだと思うと、日々のいやな出来事もすべて消え去るから不思議だ。

知佳は高校の同級生だった。海と魚が好きで、高校では同じ海洋科学クラブに所属していた。ひどく泣き虫で、悲しい映画を観て泣くくらいならまだしも、友達の失恋に同情して泣き、猫がかわいいというだけで泣いた。

部活の海洋科学クラブは地元の浜に生息する生き物を調べるという名目で、春はサーフィンをし、夏は潜り、秋は浜辺を散歩して、冬は水族館へ通った。

卒業後、同じ大学へ進み、結婚式のスピーチでいうところの「愛を育み」、就職してから結婚した。

しばらくは共稼ぎだったが、妊娠してから知佳は休職している。身重の知佳を置いての単身赴任は心配だったが、三ヶ月という短期間と、近所に両親もいるので思い切って上京した。

ここで成果を挙げれば……地元へ戻ったとき、もう少し給料があがる。

(そうだ、だから暑いだの辛いだの泣き言は言っていられない)

澤田は知佳に電話をかけた。妻の声で明日への気力をもらうのだ。

その夜、気温は下がらず、澤田は寝苦しい夜を過ごした。

布団の上で右になったり左になったり、輾転反側(てんてんはんそく)しながら浅い眠りの中で夢を見た。

あの、海で泳ぐ夢だ。

だが、今日は白い子供は出てこなかった。代わりに公園にいたあの青年が出てきた。

海の中で彼は正面に立ちふさがっている。

「なぜおまえはそこにいるんだ」

青年はそう言った。

「どうしておまえがそこにいるんだ」

仕事をしに来ているんだ、好きでここにいるわけじゃない。

必死にそう言うが、口からはぼこぼこと泡が出るばかりで音にならない。

「なぜ」

「どうして」

「おまえは」

「そこに」

いちゃいけないのか、俺がここにいちゃいけないのか。

「だめだ！」


耳元で怒鳴られた気がして飛び起きた。

「……なんなんだ……」

額にも背中にも汗をかいていた。澤田は起き上がり、洗面台で顔を洗った。

(嫌な夢だ……)

鏡を覗き込むと情けない顔の男が映っている。とてもこれから一児の父親になるとは思えない気弱げな顔だ。

澤田は水道の蛇口から流れる水を両手に受けて、それを口にいれゆすいだ。あおのいてうがいをし、洗面台に吐き出すと、ガラガラガラと大きな音がして驚いた。

見ると洗面台の白いボウルの中に、大量の血と、自分の歯が落ちていた。

「ぅ、あ……」

鏡を見ると、下顎のない自分の顔が映っていた。


「……っつっぁ！」

澤田は飛び起きた。それで自分が布団の中にいたことに気づいた。

「ゆめ、……？」

心臓がひどく早く打っていた。なんていやな夢なんだろう。

片手で自分の顎に触る。大丈夫、ちゃんとある。

だが、口の中で舌を動かして歯列を触った時、ぐらっとする感触があった。

「……」

口の中に指をいれてぐらぐらする歯に触れると、それは案外簡単に抜けてしまった。

澤田はごくりと息を呑み、その歯を見た。穴も開いていない、健康そうな歯なのに。

（ストレスだろうか）

歯を持つ指が震える。

（それともなにか病気なのだろうか）

健康診断を受けようと思った。これから子供が生まれるのに、自分が体を壊したらなんにもならない。

（しっかりしろ、休みをとって病院へ行って調べてもらうんだ）

そのとき澤田は気づいた。外でバラバラと音がする。カーテンのついていない窓を見ると水滴が伝っていた。

「雨だ」

澤田は夜の闇を透かして雨を見た。雨はまるで鉛筆で線を引くような勢いで降っていた。

二

その日も一日中雨が降っていた。昨日も一昨日も降っていた。

「おそとに出たいですー」

司録が窓に張り付いて言う。

「雨、いつやみますかぁ？」

司命も一緒に張り付いている。

「ゆずちゃんもこないし退屈ですー」

指先で窓に伝う雨の流れを追いながら、二人はどしゃぶりの外を見ていた。

「ゆずくんは雨が……っていうか水が苦手ですからね。家にこもっていると思いますよ。天気予報では明日も雨のようです」

篁がスマホを見ながら言った。彼もゆずが来なくて寂しがっている。

「ゆずちゃん、どこに住んでるのー？」

「さあ……。人間と暮らしていると聞いてますが詳しいことは」

篁は首を横に振ってみせた。

「つまんないー」

「また鬼ごっこしたいですぅ」

「梅雨は終わったはずだよな、もう三日も降り続いてるぞ」

炎真は二人の後ろから、窓ガラスを伝う雨の筋を通して灰色の街を見つめた。

「返り梅雨って言うんですかねえ。戻り梅雨とか残り梅雨とかも言うようですが」

季語に詳しい篁が知識を披露する。さすがに百人一首に選ばれた歌人だけのことはある。

「それにしても、こんなことなら傘を買っておけばよかったですね」

「傘！　買いにいきましょーよぅ！」

　司命が名案を思いついたとばかりに叫んだ。

「かーわいーの。マンガの絵のついてるのがいいですわぁ！」

「もうじき地獄へ帰るんですからいりませんよ」

「現世のおみやげにしたいんですよぅ」

　司命はあきらめない。

「傘があればぁ、雨でもコンビニでおやつが買えますよぅ」

　カウチに転がった炎真の背中に乗ってねだる。

「エンマさまぁ。傘、買いましょうよぅ」

「雨がいやなら地獄に帰っていろよ」

　炎真が冷たく言う。

「無理して現世にいる必要ないだろう」

「エンマさま、ひどぉい」

　司命はしくしくと嘘泣きをする。窓辺にいた司録ががばっと司命を抱きかかえ、

「ひどーい。ぱわはらー」とわめいた。

「なにがパワハラだ。だいたい前も言ったが、おまえたちがこっちに居続けることはないんだぞ？」

炎真は体を起こして怖い顔をしてみせた。だが、司録はそんな顔には慣れっこになっているのか、まったくひるまない。

「だって、どうせ呼び出されるんなら、こちらにいた方が合理的ですー」

「それは地蔵が俺に仕事を押しつけるからだろう！」

「お仕事したくないなら甘いものをもらわなきゃいいだけの話ですよー」

司録が痛いところを突く。炎真はむうっと押し黙った。

「エンマさま。傘、買いにいきますぅ？」

泣き真似(まね)をしていた司命がにっこり笑ってかわいらしく小首をかしげる。

「仕方ねえな。篁、傘を買いにいけ」

音を上げた炎真に今度は篁が眉を寄せてしかめっ面をしてみせる。

「エンマさまは司録と司命に甘すぎます」

それを聞いた司録と司命は何事かをこそこそと話し合った。やがて司命が篁を見上げてにんまりと笑う。

「篁さまも傘を買えばいいのよぅ。かわいい……犬、の、絵、の、ついたのとかぁ」

「そ、そうか……犬の絵の傘か……！」

一文字一文字くぎって言うと、篁が天啓を受けたような顔になる。

「おいこら」

「僕も現世のお土産にしよう」

ぱあっと光が射すように、篁の顔が明るくなる。司録と司命は小さく「やったぁ」と歓声を上げ、互いの両手をパンッとあわせた。

「お前はもう犬の映画やら本やら写真集やら、山ほど買っているだろう！」

炎真が怒鳴ったが篁はきょとんとする。

「それは趣味のものですよ」

「だから……っ」

「傘は実用品です、全然用途が違います」

「だったら俺もケーキの絵のついた傘を買うぞ！」

言い放った炎真に、司録と司命と篁は顔を見合わせ同時にため息をついた。

「趣味わるーい……」

道路に水が川のように流れ、日は蔭って気温は低い。

いつやむともしれない雨に、人々はうんざりとした顔をしていたが、澤田敏哉はすこぶる体調がよかった。

最近は仕事もうまくいっているし、よく眠れる。抜けた歯のことは気になったが、病院で検査の予約をいれたために気持ちは少し軽くなっている。

　夜はコンクリや木々に打ちつける雨音で安心して眠り、朝、目を覚まして窓に水滴が伝っているとほっとする。

　ただ、これだけの雨も街中に漂う腐敗臭は洗い流してくれないようだった。水の匂いの中に、いつもなにか腐った肉のような臭いが交じる。

（もうこのまま僕がいる間降ってててくれてもいいな）

　雨の街はみんな傘を差している。色とりどりのそれは花畑のように賑やかだ。小さな子供たちの長靴や雨ガッパはカラフルでかわいらしく、水に打たれた青葉の色はいきいきとしている。

　スマホで見るニュースでは、都内の川はどこも増水しているらしい。危険なので川には近づかないようにとアナウンサーがしかつめらしく言っていた。

　今日は先日断られた新宿の食品卸会社に向かった。先日はけんもほろろだったが、こちらから新しい提案を持っていったら、これがいい評価をもらった。電話で本社に連絡すると、向こうも大喜びだった。

　帰り道、澤田は古いミュージカル映画のように、雨の歩道をスキップした。

（御苑の池を覗いてみよう）

　広く大きな水が見たい。雨を受け止め、波紋が無数に生まれてくる水面が見たい。

この雨ならこの前の変な青年も家でおとなしくしているだろう。

すべてうまくいっているのも雨のおかげのような気がする。

くるりと傘を回すと水滴がすごい勢いで周囲に散った。それがおもしろくてぐるぐると傘を回し続けた。


「うーん、やっぱりここにもないですねえ」

丸井で、篁は犬柄の傘を探していた。すでに小田急百貨店も伊勢丹(いせたん)も探し回ったが、なかなか気に入る傘がない。

「もういいじゃねえか」

炎真はすでにケーキ柄を諦め、イチゴの絵のついた傘を持っている。司録と司命はそれぞれお気に入りのアニメキャラの傘だ。

「いやですよ、今度来るのは四九年後ですからね、ここで妥協したくありません」

「あ、篁さま、これどうですかー？」

司録が靴屋の店先にあった傘を開いて見せた。古いカートゥーンアニメのカーレースをする犬の柄だ。「ししし」という特徴的な声で笑う、世界でも有名な犬。

「うーん、これはこれでレアな気もするんですが……」

篁は傘を広げ、絵柄を確認する。

「もういいじゃねえか、それで」

炎真がもう一度言ったが、篁は頑固に首を振る。

「できればリアルな絵の方がいいんですけど」

「買い物に妥協はしないのよう！」

司命が元気よく言う。炎真は天を仰いだ。

「どこからそんな元気出てくるんだ……」

「御苑に行ってひとやすみしましょー」

司録が負けじと叫ぶ。

「こんな雨の日はきっと人も少なくてのんびりできますー」

炎真がうんざりした表情で篁を見ると、彼は励ますように笑った。

「小さなシュークリームでも買って、公園をぶらぶらしますか」

雨のせいで御苑の池の水位もかなり上がっていた。澤田は池に近づき、雨がその表面に無数の波紋を作るさまを見つめた。

雨のせいか水面は暗い。傘を肩に預け、澤田はぼうっとけぶる池を見つめていた。

（やっぱりいい風情だ）

その視界の端に黄色いものが動くのが見えた。チラと視線を動かすと、傘のようだ。

（傘？　飛ばされたのか？）

黄色い傘は子供用のようだ。池に逆さになって落ちている。柄が上を向いてゆらゆらしていた。

その柄を掴もうと思ったのか、子供が池の周りに張られたロープを越え、草を掴んで腕を伸ばしている。

「あ、危ないぞ！」

思わず体が動いた。だが、それより早く、子供が頭から池に落ちてしまった。

「きゃあっ！　かずひろおおっ」

母親らしき女性が池の前で叫んでいる。

澤田はためらわなかった。すぐにあとを追って池に飛び込む。

すうっと子供が下に沈んでゆく。

子供の溺れ方は案外静かだ。バシャバシャ両手をあげて暴れるなんてことはしない。何が起こっているのか、どうすればいいのかわからず、そのまま沈んでしまうのだ。

澤田は水の中で子供を捕まえた。子供は水の中で目を開けたままだ。暗いのにはっきりとわかった。

このまま上にあがればいい。

だが。

突然、上下の感覚がわからなくなった。自分が水面を向いているのか水底に向いているのか判断できないのだ。

水の中が心地いい。このままここにいればいいんじゃないのか？

降りしきる雨の粒が池の水を通ってくるのがわかる。新宿御苑の池の水と雨の水は違うものだ。池の水のゆらぎも、雨粒の形も、澤田には区別がついた。

気持ちがいい……どうしてここにいちゃいけないんだ……。

「このバカッ！」

いきなり後ろから襟首を摑まれ、空中に突き上げられた。目を瞬かせると、先日この公園で会った青年の顔がすぐそばにあった。

青年は片手で澤田を抱え、もう片方の手で子供を抱えている。

池の岸では子供の母親だと思われる女性が、膝をついて泣きわめいていた。

「お前は足が立つだろう!?」

青年に言われて澤田はあわてて立ち上がった。青年は澤田を放すと、子供を抱えたまま岸に向かって歩いた。

澤田は自分がかなり岸から離れた場所にきていたことに初めて気づいた。

「ああ、ありがとうございます！　ありがとうございます！」

青年が岸にいた別な青年に子供を渡し、その子が母親の腕に戻ると、母親は泣きながら頭を下げた。

青年は岸に上がり、澤田を待っているようだ。逃げようかとも思ったが、このまま逃げても捕まるだろうという予感はあった。澤田は水をまとった重い体を岸に引き上げた。

「くそっ、シュークリームが魚の餌になっちまった」

青年は悔しそうな顔で水面を見て、それから澤田にぐっと顔を近づけた。

「助けるつもりで飛び込んだんじゃないのか」

青年は岸で膝をついている澤田に言った。

「溺れるなら一人で溺れろ」

「そんな……」

「水の中が気持ちよかったのか？」

澤田は驚いて顔をあげた。目の前に青年の強い瞳がある。

「言っただろう。おまえがどうしてここにいるんだって。おまえは地上にいるものじゃないんだ、たぶん、水の中にいるものなんだよ」

地上にいるものじゃない。水の中にいるもの。

その言葉がとてつもなく恐ろしく、澤田は寒さではなく体を震わせた。

「……どういう意味だ。君はいったい誰だ」

「俺は炎真。俺も本当はここにいるものじゃない」

炎真は澤田の腕を引っ張って立たせた。澤田はよろけて彼を見あげた。

「じゃあ、君は本当はどこにいるんだ……」

「地獄だよ――」

三

澤田敏哉はジゾー・ビルヂングの七〇四号室で、借りたシャツにズボンを身につけ、所在なく椅子に腰を下ろしていた。

池に落ちて濡れたスーツやシャツは、篁がドライヤーで乾かしている。髪の毛は司録と司命がわしゃわしゃとタオルで拭きとってくれた。

その澤田の前にはシャワーを浴びてさっぱりした炎真が立っている。腕を組んでうなだれる澤田を見つめていた。

インタホンが鳴ったので、篁はドライヤーの手を止めてドアに向かった。

「こんにちはあ」

入ってきたのは背の高い男だった。鯉が刺繍された派手な絽の羽織を着て、白い単衣の絣を着ている。動くたびに大振りの縦ロールが胸や背中でたわんで跳ねた。

「いらっしゃい、胡洞さん」

「もう、なによう、呼び出してぇ。アタシだってヒマじゃないのよぅ」

言葉遣いは女性めいているが声は太い。華やかな造作の顔立ちで、螺鈿細工の眼鏡が顔の上に乗っていた。

「よう」

炎真は片手をあげた。

「よう、じゃないわよう、炎真さん。あらぁ？」

胡洞は部屋の中にいる司録と司命に目を留めた。

「どうしたのぅ、その子たち。まさか炎真さんのお子さまぁ？」

司録と司命は派手な男を興味深げな顔で見上げている。特に、上下する縦ロールが珍しいのか、さわってみたいと顔に出ていた。

「ああ、こいつらは俺が地獄から呼んだ獄卒だ。主に亡者の記録をつけたり探したりするんだ」

「あらまあ、こんな小さいのに働き者なのねえ。アタシは骨董屋の胡洞よ、よろしくねぇ」

胡洞は大仰な身振りで腰を折った。

「司録でーす」

「司命ですのぅ」

二人は右手と左手をそれぞれあげた。

「胡洞さんは人間じゃないのねー」

「エンマさまの現世のお友達ですかぁ？」

「そうよ、アタシは雲外鏡（うんがいきょう）っていう妖怪よ。って、あら？」

そのときようやく胡洞は炎真の背後に座っている澤田に気づいた。

「あらら、なに？　その子」

「ああ、来てもらったのはこいつのことだ」

炎真はぽんと澤田の肩を叩いた。叩かれて澤田がびくりと身をすくめる。

「こいつ、自分のことがわからないようでな」

炎真は投げやりな口調で言う。それに澤田はかっとなって顔を上げた。

「僕け人間だ、澤田敏哉だ！　わからなくなんかない！　ちゃんと両親もいるし戸籍だってある。結婚だってしてるんだ！　れっきとした人間だ、そんな、そんな……」

「おまえは妖怪だよ」

　炎真が裁断を下すようにきっぱりと言った。

「それがおまえの正体だ」

「違う！」

　はあっと炎真はため息をつく。

「さっきからずっとこの調子なんだ。胡洞、おまえならこいつがなんの妖怪かわかるだろう？　俺には水っぽいものとしかわからねえんだ」

「ああ、そうねえ」

　胡洞は澤田の前に立って、人差し指で彼の顎を持ち上げた。澤田はびくっと体を震わせたが、その手を避けることはしなかった。

「ああ、なるほどぉ」

　胡洞は眼鏡のレンズをキラリと光らせる。

「この子は水坊主よ、それもずいぶん弱っているわ」

「水坊主？」

　炎真は首をかしげた。

「海に棲む妖怪よ。普段は水に溶け込んで波間に漂っているだけのもの。こんな人間みたいな姿をとるなんてありえないわねえ」

「妖怪って……水坊主って……なんなんだ……」

指を離され、澤田はがくりと顎を落とす。

「ふざけんな……僕が人間でないなんて……そんなこと信じられるか……」

「あんた、海に帰りたいでしょう？」

胡洞が優しい声で言った。

「水が恋しくて恋しくて……たまらないはずよ。体も心も水を求めている。限界よねえ、長い間、人間に擬態して無理がきている。このままだとあんたは死んでしまうわよ」

「擬態……？」

胡洞は鼻で息を吹き上げ、窓の外を見た。

「ずいぶん続くと思ったけど、この雨もたぶん、あんたがやっていることよ」

「え」

澤田は窓を見上げた。ガラスの向こうにある黒い雲。空一面を覆い、向こう側がけぶるほどに降る雨。

「ただの雨じゃないと思ってたけど、水坊主がここにいるなら合点がいくわあ。あんたの体と心が悲鳴をあげて水を求めているのよ。その思いが雨雲を摑んで放さないのよ。このままじゃあ、新宿は水浸しだわ」

「うそだ……」

　澤田は頭を抱えた。人間ではないと言われ、雨を呼んでいると言われ、そんなに簡単に信じられるわけがない。

「僕が……僕が人間でないなんて、どこに証拠があるんだ！　僕が人間だっていう証拠の方が多いんだぞ！」

「両親、記憶、戸籍、人間の嫁」

　炎真が指を折って数える。

「それがおまえの証拠だと言うならこっちも証拠を出そう。司録、司命」

　二人がぴょこんと立ち上がる。

「はーいー」

「ご用事なぁにぃ」

「地獄に戻って浄玻璃鏡を持ってこい」

「ええーっ」

　二人は顔を見合わせた。

「地獄の備品を持ってくるんですかー？」

「あれ、重いのよぅ」

　後ろでに手を組んでくねくねと体を揺する。

「うるせえ、すぐに用事をすませるために現世に来てるんだろうが。とっとと行け！」

「もうちょっと優しく言ってくれてもー」

「ぱわはらですよぅ」

「エンマさま」

篁が司録と司命の頭にぽんと手を置いた。

「僕も一緒にいきましょう。確かにあの鏡は二人には重いでしょうからね」

「ああ、頼む」

篁と二人の子供の姿がさっと消える。そのときしゃらら―んと鈴を鳴らすような音が久々に聞こえた。澤田はさすがに驚く。

「な……っ、今、消え……」

「驚くのはまだとっておけよ」

再び金属的な音が聞こえ、司録と司命、それに篁が姿を現した。三人がかりで大きな丸い鏡を抱えている。完全な真円で、重そうな一本足の土台がついていた。

「お持ちしましたー」

「獄卒たちがエンマさまはまだお帰りにならないのかってうるさいですぅ」

「言わせておけ。だいたい休暇が延びたのも俺の体が地獄で酷使されてたからだろ。

なのに今だってちっとも休んでるって気になれねえ」

炎真は浄玻璃鏡を澤田の前に置いた。

「さあ、覗いてみろ。そして思い出せ、自分自身のことを」

炎真に頭を摑まれ、澤田は鏡を覗いた。当然映るはずの自分の顔はそこになく、暗い水底の景色が見えた。


水底から彼は水面を見上げている。

水面には光が差してちらちらと輝いていた。彼にとってその光は眩しく、しかし心惹かれるものだった。できればそれを自分の手元に置いて、いつも眺めたいと思っていた。

水面から顔を出して見渡せば、周りは空と海の区別がつかないほど青い。太陽がチリチリ肌を焼くので、すぐに水の中へ潜らなければならなかった。

何度も海の底と水面を行ったり来たりしているうちに、人間の住む陸地に近づいてしまった。

陸の上にはキラキラしたものがいっぱいあった。あとであの輝くものは窓だとわかったが、その時の彼には水底から見上げる水面のように思えた。

あのキラキラしているものがほしい……。

彼は少しずつ、少しずつ、陸に近づいていった。

そこは小さな砂浜と、ゴツゴツした岩で囲まれていた。岩は長年の波の浸食で、大きな穴が空いていた。

彼はその穴の中へ水の流れとともに入っていった。穴の中はひんやりと涼しく暗かったので、そこなら水から体を出しても平気そうだった。

その洞窟から浜を覗き見している間に、陸に住むものの姿を何度も見た。二つの長い棒のようなものを動かして動いている。上のほうにある小さな丸いものはしょっちゅう形が変わっていた。

（あれはにんげん……）

時折海の中に漂っているその姿を彼は知っていた。しかし海の中の人間とはずいぶん違う。

海の中にいる人間は動いたりせず、ただ、波に揺られているだけだった。そのうちボロボロになり魚たちに食べられ、やがて硬い骨だけになってしまう。

（あのすがたになればりくにあがれる）

彼は浜で見かける人間を手本に、まず二本の足を作った。

それから細長い体と、二本の腕。最後に頭を作ったが、しょっちゅう変わる顔というものはむずかしかった。

それでもとりあえず人の姿らしくはなったが、どうしても彼らのような色をつけることはできなかった。

水坊主の体は水でできている。光は彼の体を通り抜ける。このままでは陸に上がることはできなかった。陸のキラキラは手にいれることができないのだ。

水坊主は岩場でぼんやりと過ごした。陸に上がれないのはわかっても、諦めきれなかった。

そんなとき、洞窟に来訪者があった。

一人の男の子だ。


そこまで見た澤田は悲鳴をあげて浄玻璃鏡から離れた。

「これ……これって……！」

洞窟の入り口に立つ少年には澤田の面影があった。

「僕、だ」

「そうだ、これが澤田敏哉だ。人間の、澤田敏哉だよ」

「人間、の、——？」

洞窟に入った澤田敏哉は驚いた。それはそうだろう、そこには透明な水の塊のようなものがいたからだ。敏哉は驚いてひっくり返り、岩の鋭い切っ先で手を切った。

そして怯えてうずくまった。

怯えたのは彼も同じだった。敏哉と同じようにしゃがんで両手で頭を隠した。

何分も経った。

長い時間のようにも感じた。

人間の子と水坊主は二人して動かなかった。

最初に動いたのは敏哉だった。相手の仕草が自分と同じであることに気づいたのだ。

彼も動いた。間近に人間を見て、その通りに動いたのは、他にどうすればいいのかわからなかったからだ。

敏哉は右手をあげた。彼も片方の手をあげた。

敏哉はその手を振った。彼も振ってみた。

敏哉は手をおろすと、じっと彼を見た。彼も目のない顔で見返した。

「――おまえ、なに？」

敏哉の声を聞いて彼は驚いた。波の音や風の音、石が転がる音とはまるで違っている。とても不思議で……そして気持ちのいい波動を感じた。

　彼は敏哉の顔を見て、その音が下の方にある穴から出ているのを知った。なので自分でも同じように穴を作ってみたが、ぱくぱくと動くだけで音は出なかった。

「話せないの？」

　敏哉がゆっくり近づいてくる。

「僕のこと、食べたりしない？」

　敏哉の出す音の意味はよくわからない。彼はじっとしていた。

　すぐそばに敏哉がきて、また右手をあげた。彼も手をあげてみた。手の先が五つに分かれていたので、同じように分けてみた。

「すごい、手になった」

　敏哉から放たれる波動は常に心地いい。同じように手を広げ、指先をそっと近づける。

「……水、だ」

　敏哉が触れたときに濡れた指を見て言った。

「おまえ、なんなの？　海坊主なの？」

　彼は音を出せない。ただ真似をしてぱくぱくと穴を動かした。

「ねえ、僕、明日もくるよ」

敏哉は立ち上がると手を振った。それで彼も同じように手を振った。敏哉はそれを見て笑った。

その顔の動きを見て、また心地よい波動を感じた。

敏哉が帰ったあと、彼は岩の上に赤い液体が落ちているのを見た。敏哉が手を切って流した血だった。

彼はそれに五つに分かれた手の先で触れた。そうすると敏哉のことがよくわかった。

敏哉には二人の親がいる。それは家族というかたまりだ。敏哉の年齢は九歳。生まれてから九年。敏哉は海が好きで魚が好きだ。

好き？　好きってなんだろう。彼が、僕が、あのキラキラしたものに引き寄せられることだろうか？

彼は顔の上に敏哉の顔を作ってみた。心地よい波動を作ってくれた表情を真似してみた。

それはとても楽しい気持ちになれた。

翌日やってきた敏哉は、そこに自分と同じ顔をしたものがいるのを見て、再び驚いた。だが逃げだしはしなかった。

「おまえ、僕の顔になれるの？」

彼は敏哉と同じように口を動かしてみた。

それは深いパイプ穴から聞こえるような音だったし、ぼこぼこと泡のような音もまじっていたが、人の声に近かった。

「ぁお……お、お」

「話ができるようになったらおまえのこと、教えてくれる？」

彼には敏哉の言っていることが理解できた。それは敏哉の血を取り入れたせいかもしれない。敏哉が望んでいることもわかったが、それを叶えるにはまだ発声器官が発達していなかった。

「僕は敏哉っていうんだ。おまえ、名前ある？」

名前？　それは彼の知識の中にはないものだった。

「海ちゃんでいい？　海から来たんだよね」

敏哉は毎日やってきた。話しかけてくれるたびに彼の言葉は明瞭になり、七日もすぎる頃には簡単な会話もできるようになっていた。

その頃から彼は敏哉と一緒に海の中で遊ぶようになった。海の中では敏哉の動きは驚くほど鈍かったが、魚や貝やヒトデや海草をとっては、その名前を教えてくれた。

名前は不思議だった。これとあれ、それとこれを区別できるものだ。

今まで彼にはひとつひとつの区別がなかった。これはヒトデであってサカナではない。このサカナはボラであってイソギンポとは違う。

違いがわかることが彼には楽しかった。

そう、敏哉は敏哉、自分は海ちゃん。自分たちは違うけれど名前があれば呼び合える。呼べば応えてくれる。呼ばれれば応えられる。こんな感覚は初めてだ。

夜遅くに敏哉が来たことがある。

「花火をするって言って家を出てきたんだ」

敏哉は彼を洞窟の外に誘い出した。敏哉は彼が陽（ひ）の光を苦手にしていることをもう知っていた。

「海ちゃんに窓のキラキラをあげるのは難しいけど、これなら手で持つことができるだろう？」

花火が熱と光と色を出したとき、彼は驚いた。その光は彼の透明な体に反射して、彼自身も明るく輝いた。

「きらきらだ！　ぼくがきらきらしてるよ！」

彼は興奮して敏哉に叫んだ。

「としやはぼくにうれしいことをたくさんくれたね、たのしいことをたくさんおしえてくれたね。こういうきもちはなんていうの？　きみのことがだいすきで、なんでもしてあげたいこのきもちは」

「それはたぶん……ありがとうって気持ちかな」

敏哉は照れくさそうに言った。

「ありがとう」

彼は自分の手で敏哉の両手を包んだ。

「ありがとう、とてもとても、ありがとう！」

「僕も」

敏哉は笑った。あの気持ちのいい波動で。

「ありがとう、海ちゃん」

楽しかった、嬉しかった、幸せだった。この毎日がずっと続くと思っていた。敏哉が——海の底で動かなくなるまで。


「いやだ……」

澤田は顔を覆った。

「見たくない……もう見たくない」

「いいや、おまえは見なくちゃいけない」

炎真は澤田の両手をとって、顔を鏡に押しつけた。

「でないとおまえは思い出せない」

いつものように……

海で……

遊んで……

「いやだ、いやだ……」

洞窟の岩場から海の中へ飛び込んで……

敏哉がいきおいよく飛び込んで……

そのとき、敏哉の頭が岩に……

「やめてくれ……見たくない、知りたくない」

真っ赤な血が流れて……

僕の中にその血が流れ込んできて……

（いやだいやだいやだ）

「いやだ、いやだ、いやだ」

（死にたくないお父さんお母さん）

「死にたくない、お父さん、お母さん」

（僕はもっともっともっともっと）

「僕はもっと、もっと、もっと」

生　き　た　い。

そして、気がついたら僕は浜に立っていた。頭がずきずきして、触ってみたらぱっくり割れていた。

そのまま家に戻ったら、両親が大騒ぎして救急車を呼んで。

入院ということになったけど、傷の大きさのわりに内部に損傷はなかった。

CTだかMRIだかを撮ったけど問題もなかったようだ。

どうしてこんな怪我をするはめになったのか、なんども聞かれたが、よく覚えていなかった。

確か友達と遊んでいたんだけど、その友達のことがすっぽりと記憶から抜け落ちていた。誰だったか思い出そうとすると頭が痛むのですぐに止めた。

僕は洞窟へ行くことを禁じられた。でも別にそれは辛くなかった。その洞窟にはもう誰も、なにも、いないのだから……。

四

「僕は……僕に……澤田敏哉に成り代わったのか……」

今はもう浄玻璃鏡は真実を映すのを止め、呆然とした人間の顔を映しだしている。

「そうだ、おまえは死んでしまった澤田敏哉の体の中へ入り、精一杯の力でその体を動かしているんだ。だけどそれももう限界なんだ。おまえの体はもうもたない」

炎真は冷酷ともいえる声で事実だけを話した。

「もたないって……どうなるんだ……」

「人間はまだ気づかないと思うが、おまえの体からは死臭がしている」

「死臭……」

澤田は突然思い当たった。ものが腐るようなあの匂い。部屋の匂いじゃなかった。東京の匂いでもなかった。いつもどこからか漂っていたあの腐敗臭。

「僕自身の……匂いだったのか」

ではあの歯も、崩れた肉から落ちてしまったのか。舌先で触れるとわかる、ぽっかりと空いた歯茎の穴。

「このまま歩く屍になりたいのか」

「だけど、僕は……」

脳裏に両親の姿が浮かんだ。初孫を抱くのを楽しみにしている父と母。そして自分の帰りを待つ知佳。大きなおなかを撫でて幸せそうな笑みを浮かべて。

「だめだ！　僕がいなくなったら、おなかの子供が父親のない子になってしまう」

「父親がゾンビよりましだろう」

「エンマさま、もう少し言葉を選びましょうよ」

篁が炎真の遠慮のない言葉に顔をしかめ、澤田に同情的なまなざしを向ける。

「第一おまえは不法滞在みたいなもんだ。澤田敏哉の体に勝手に入っているんだからな。不法占拠って言う方が正しいか？　敏哉の魂だって弔わなければきちんと成仏できないんだぞ」

「あ、それなんですが」

　はいはい、と篁が手をあげた。

「事情が特殊なので、ついでに地獄で調べてきたんですけど——澤田敏哉さんの魂、地獄にきていないんですよ」

「なんだとぉ!?」

　炎真が大声を出し、澤田がびくっと身をすくめた。

「どういうことだ。幽霊になって留まっているというのか？」

「あら、そうじゃないわよ」

　今まで黙って様子を見ていた胡洞が口を出した。

「魂はその子の中にあるのよ」

「なんだと？」

　炎真は澤田の肩を摑み、その顔を睨みつけた。真っ黒な瞳孔が澤田を射貫くように見つめる。澤田はうろたえ、顔を左右に振ってその視線を避けようとした。

「ああ、本当だな。魂が……まだこの中にある」

　炎真は呆れ返った口調で言った。

「人間(ひと)の子の生への強い執着が、水坊主の意志と同化しちゃったのかもねえ。この子は二人でひとつになっちゃったのよ」

「ああ、それで……」

篁がぱん、と両手をあわせた。

「実は澤田敏哉さんの記録がおかしなことになってたんです」

「おかしなこと?」

篁が目配せすると、司録と司命が巻物を一巻、差し出した。受け取った巻物を腕の上でスラスラと広げ、篁は炎真に見せた。

「これ見てくださいよ、こんなの初めてですよ」

巻物には通常人間の一生分の記録がある。だが、澤田敏哉の記録は一〇歳のあとは白紙になっていた。

「なんだ、こりゃ」

「つまり、一〇歳以降は水坊主さんが敏哉さんになってしまったので、人間としての記録がついていないんです」

「うーわー」

篁の言葉に炎真は頭を抱えた。

「なんだ、そりゃ。めんどくせえことになったな」

「水坊主だって一生懸命やったのよう。そんなふうに言うことはないんじゃないなぁい?」

胡洞が赤い唇をとがらせて言った。眼鏡の下の大きな目で炎真を睨む。

「せっかく人の子を助けてやったのに。だったら水坊主をこの人間から取り出してちょうだい。アタシがちゃんと海に帰してあげる」

「そりゃあどうかな」

炎真は巻物を放った。司録と司命があわてて駆け寄ってキャッチする。

「そもそもこの体から水坊主を取り出したとして、今更海で生きられるものかどうか……人間の影響力はひどく強いからな」

炎真の言葉に胡洞も「そうねえ」と大きくため息をついた。

「しかし、このままだと生きる屍一直線だな。俺が現世にいる間にそんなことになったら地蔵がまた嫌みを言いそうだ」

「なんとかなりませんか、エンマさま」

篁が気の毒そうに言う。

「僕個人としては、水坊主さんにはこのまま澤田敏哉さんとしての人生を送ってほしいです」

元人間の篁としては、澤田の気持ちもよくわかるのだろう。

「お子さんが生まれるのにお気の毒ですよ。水坊主さんだって、悪意を持って敏哉さんの人生を奪ったわけではないですし……逆に人間に意識を乗っ取られた被害者ともいえるのでは？」

「そうだな……」

炎真は腕を組んで頭を抱えている澤田を見つめた。

「でもこのままだと体はもたないんですよねー。もうちょっと待てば腐っておしまいですー」

「そうしたら晴れて澤田敏哉さんの魂が回収できますぅ」

司録と司命があんまりな内容を楽し気に言う。それを聞いて澤田は激しく首を振った。

「い、いやだ、死にたくない！　子供が生まれるんだ！　親父になるんだ、家族になるんだ！」

澤田は泣きたかった。だが涙は流れなかった。思い出してみれば今まで泣いた記憶がない。子供の頃から泣かない子だねと言われていたが、それは水坊主だったからか。

水の中では涙は同じものだ。泣かなくても瞳は濡れる。

けれど悲しみは胸一杯にあふれ、声が途切れ、かすれた。

「生きたいんだ……生きていたいんだ……」

ずるずると椅子から崩れ落ち、澤田は床に手をついた。

脳裏に妻の、知佳の声が甦る。自分の帰りを心待ちにし、赤ん坊の誕生を待ちわびている妻。これからずっと三人の幸せな生活が続くと思っているのに。

「知佳を……幸せにしたいんだ。生まれてくる子供も。二人には笑っていてほしい。僕が死んだら知佳はどうなるんだ……」

泣き虫の知佳。護(まも)れるのは自分しかいないのに。

炎真は澤田の前に膝をついた。

「澤田敏哉」

呼びかけに澤田は青ざめた顔をあげる。

「今の言葉に偽りはないか？」

「え……？」

「妻と子を幸せにしたい。笑っていてほしいという言葉だ」

澤田は胸のうちでその言葉を繰り返した。知佳を幸せにしたい。生まれてくる子供を幸せにしたい。笑っていてほしい。

「嘘じゃありません。幸せにしたい……僕の願いはそれだけだ……」

澤田は目の前の炎真の肩にすがりついた。

「頼む……お願いします……！」

「方法はたぶんひとつだけある」

炎真は澤田の手をそっと下ろさせると、立ち上がった。部屋の中の全員を見回す。

「篁、地獄に戻って仙桃(せんとう)を手に入れてこい」

「せ、仙桃ですか？」

「そうだ。体の腐敗を止めるには仙桃でないと無理だろう」

「わかりました」

篁はすぐに姿を消した。

「司録、司命。おまえたちはこの澤田敏哉の記録を持ってすぐ地獄へ戻れ」

炎真は二人の記録係に巻物を渡した。

「えー？」

「どうするんですのぅ？」

「これからその白紙部分に記録がでてくるはずだ。それを確認したら知らん顔して書庫に戻せ」

「そんなこと前代未聞ですー」

「前例がありませんですぅ」

「いいから戻れ。誰にも見られるんじゃないぞ」

「はーいー」

「仰せのままにぃ」

二人はそう言うとシャラーンと音を立てて姿を消した。

「炎真さん、この子助けるの？」

胡洞が髪をかきあげ、嬉しそうに言った。

「ああ、だがそれなりの代償は払ってもらう」

篁が姿を現した。なぜか衣服が少し焦げていて、髪もぼさぼさになっている。

「どうしたんだ、その格好は」

篁は両手でパンパンと煤（すす）や焦げた部分を払い、苦笑する。

「仙桃の管理人が扉を開けてくれなくて――彼のご機嫌をとるために火の山の火焔石（かえんせき）を取りに行っていたんですよ。火焔石一〇個で仙桃一つ。まったく割にあいません」

そう言うと篁はカーゴパンツのポケットから白銀に輝く桃を取り出した。

「はい、仙桃です」

「よくやった」

炎真は仙桃を受け取るとそれを澤田に渡した。

「西王母（せいおうぼ）の桃園にある、不老長寿をもたらすと言われている仙桃だ。これを一口喰（く）えば朽ちた肉体が再形成される」

「あ、……ありがとうございます」

澤田は震える手でそれを受け取った。

「だが、いいか。それを喰ったら水坊主、おまえの魂を人間の澤田敏哉と入れ替える」

「え……っ？」

「水の妖怪であるおまえが人間の振りをしているから、その体に無理がくる。人間の体は人間に返してやれ」

「そ、そうしたら僕はどうなるんですか!?」

「おまえは——」

炎真の目にちらっと憐憫の感情が浮かんだ。

「おまえは眠りに就く。おそらく澤田敏哉が死ぬ時まで」

「……っ」

澤田は息を呑んだ。横で胡洞も口に手を当てる。

「おまえと人間、澤田敏哉の魂を切り離すことはできない。死にかけた澤田敏哉を生かしていたのは二人分の魂の力だからだ。だが、もうおまえではその体は維持できない」

「そんな……。じゃあ知佳はどうなるんだ。知佳と出会って愛し合っていたのは僕だ！　仕事だってずっと僕がやってきたんだ！　僕の今までの人生は、記憶は——!?」

澤田は激しく首を振った。それに炎真は穏やかに続ける。

「そこは大丈夫だろうよ。澤田敏哉はお前の中で眠りながらずっとおまえの夢を見てきた。妻と出会い、愛し合ったことも知っている。お前の記憶は澤田敏哉が受け継ぐ

──」

「だ、だけど、そんな……僕の思い出、これからの未来……」

「妻と了を幸せにしたいんだろう」

炎真の言葉に澤田は声を失った。

「他に方法はない。お前の体を朽ちさせず、これからも家族で生きていくためには」

澤田は手の中の輝く実を見つめた。

「どうする、止めるか？　今すぐ故郷へ戻れば……最後に妻の顔を見るくらいはできるだろう」

妻の顔を？　知佳に会って？

だけどそのあとは？　僕は腐って死んでしまう……。知佳は……。

彼女はきっと泣くだろう。残された子供を抱えて泣くだろう。それは──。

「……いやだ」

澤田はうつむき、顔をあげ、天井を仰いだ。そして。

「妻を──子供を──お願いします──！」

「お願いされるのは俺じゃねえ。人間の澤田敏哉だ」

澤田は仙桃にかぶりついた。口の中いっぱいの桃の果肉をごくりと呑むと、得も言われぬ芳香が体を取り巻く。その香りの中にさまざまな思い出が甦ってきた。

父親の運転する車の助手席が特等席だったこと。運動会や遠足で食べた母親のお弁当の味。好きだったテレビ番組、憧れたアイドル。夢中になった漫画。中学の友達、高校の友達、一緒につるんで馬鹿話して。

そして知佳。

泣き虫知佳。彼女を泣かせたくて悲しい話や感動する話を仕入れて披露した。一番きれいな泣き顔はプロポーズしたときだった。それから子供ができたと泣きながら微笑んでくれた時。

思い出。大切な記憶。澤田敏哉、おまえもこの思い出を夢に見ていたのか？　僕の記憶と愛を受け取ってくれるのか？

知佳を、子供を守ってくれるのか？

シュワシュワと体が溶けてゆく感覚がある。手足の先からじょじょに消えて、消えたところから新たに作り直されてゆく感覚。それは恐怖ではなかった。押し込められていた水があふれ出すような解放感。

ああ、あの水に、あの海に。

還(かえ)るんだ。人間澤田敏哉の意識の中、深い場所にたゆたう、あの海に……。

「思い出した」

彼は最後に呟いた。

「僕は……ぼくは……さわだとしやがすきだったんだ。たいせつナ……トモダチ……」

教えてくれた言葉を覚えている。

「アリガトウ……ボクニ、ジンセイヲ　アタエテクレテ　アリ　ガ　ト　ウ……」

ぷかりと泡が水面に浮かんで弾けたように、澤田敏哉は意識を取り戻した。

視界がぼやけている。薄皮一枚、目の前にかぶさっているような感じだ。

見知らぬ女性が覗き込んでいた。

いや……彼女のことは知っている。誰だったろう……？

「敏ちゃん……」

女性がそっと呼びかけてきた。

「大丈夫？　二日も意識が戻らなかったんだよ」

（……え）

「熱中症で倒れたんだって。びっくりしたよ」

（ねっちゅうしょう……？）

記憶にない。僕は海で遊んでいたはずだ。仲のいい友達と、秘密の洞窟で遊んで海の中で魚を追いかけて……。

いや、違う。それは昔のことだ。幼い子供の頃。

そうだ、今は仕事で東京に来ていたんだ……。

「敏ちゃん」

女性は心配そうに眉を寄せた。

「わたしのこと、わかる？」

そのとき澤田は彼女のおなかが大きなことに気づいた。

この人は妊婦だ。もうじき臨月……子供が産まれる。それなのに田舎から出てきてくれたのだ。移動だって大変だろうに。

「ご、めん」

ごぼりと、のどに水が詰まっているような気がした。ひどいガラガラ声で澤田は謝った。

大きなおなか。その中には子供。だれの……？　そうだ、僕の……。

「しんぱい、かけ、た……ちか……」

自然と名前が口をついて出た。僕の知佳。

「敏ちゃん！」

知佳が、妻がぐっと顔を寄せてきた。

「ほんとに心配したんだから！　ばかっ！　ちゃんと水飲んでよ！」

「ごめん」

知佳の目から涙がこぼれる。そう、僕が考えることはただひとつ、彼女を泣かせないこと……。彼女と子供を守ること。

約束したんだ。約束を——だれとだったか思い出せないけど、強く強く……。

「ごめんね、知佳」

澤田は妻に手を伸ばした。その手を温かい手が握り返す。

ああ、よかった。生きてて——よかった。

終

「澤田敏哉さんはお元気ですかね」

篁が部屋の窓を閉めて言った。手元のリモコンを操作してクーラーをいれる。

「元気だろ。まあ少しは記憶の混乱はあるだろうが、しばらくすれば水坊主の記憶が自分のものになる」

炎真はカウチに寝そべり、たかはたファームのミックスジュエリーというフルーツゼリーを食べていた。丸くくり抜いた果物をゼリーで寄せた、見た目もかわいらしいスイーツで、もう二個目だ。

「そうしたら澤田敏哉さんの記録も、あの白紙部分からコピーされていくんですね」

「ああ。あいつが死んで地獄に来たとき、記録を読むのが楽しみだ」

炎真はスプーンを口にくわえ、そのときのことを考えて笑みを浮かべた。

二ヶ月後、澤田敏哉は病院で赤ん坊を抱いていた。

生まれたばかりの赤ん坊は、澤田の腕の中で頼りないほど小さく、しかし、しっかりとした温かさと重さをもって、父親を見上げていた。

「名前、決めてくれた?」

ベッドに横たわって夫と子供を見つめている若い母親が言う。

「うん……」

澤田は赤ん坊を抱いたまま窓のそばへ寄った。窓からは、青く輝く海が見える。穏やかに寄せる波の上を白い鳥が何羽も舞っていた。名前はもうずっと前から決めていた。

「海……」

　澤田は赤ん坊を揺すり上げてささやく。

「海、だよ。僕の大好きな海……大事なことをみんな教えてくれた……大切な友達と遊んだ海……」

　さざ波が友達の呼ぶ声のように聞こえた。

「君の名前は、海、だよ」

　耳の奥でかすかに、楽しげな笑い声が弾けた……。

第四話

えんま様と約束の花嫁

more busy 49 days
of Mr.Enma

序

あれは私が小学校の一年の頃だったと思う。

親戚の家へ行った帰りだったろうか？　そのとき、祖母と二人で歩いていた。

道の左側に長く続く塀が真っ赤に見えたので、夕方だったのだろう。

バスを降りてから自宅まではかなり遠く、私は疲れてしゃがみこんでしまった。

パパと一緒だったらよかったのに。そうしたらおんぶしてもらえたのに。

祖母の小さな背中を見ながらそう思ったことを覚えている。

祖母と言っても、たぶんまだ五〇代になったばかりだろう。

それでも当時の私から見れば、祖母は年を取ったおばあちゃんだった。

祖母は、私がしゃがんでしまったことにも気づかず先を歩いていた。手をつないでもらえないことも不満だった。

私は祖母の背中を睨んで、彼女が気づくまでここでしゃがんでいようと思った。

きっとすぐに大あわてで戻ってきてくれるだろう。

　ところが祖母は振り向きもせず、すたすたと先に行ってしまう。低い目線からの視界は空が大半を占めていた。

　その空がどんどん暗くなっていく。祖母の姿も暗がりに消えてしまいそうだった。

　さすがに心細くなって立ち上がろうとしたとき、目の前に着物を着た女の人が立っていることに気づいた。

　それは見知らぬおばあさんだった。

　祖母よりももっと年を取っていて、上でだんごにした髪も真っ白だった。顔はしわくちゃで目なんだかしわなんだかわからないくらいだった。

　おばあさんは黒い着物を着ていたが、裾にだけきれいな模様が入っていた。留袖というのだと、今ならわかる。帯は薄い金色で、結婚式で見かけるような格好だった。

「おじょうちゃん」

　おばあさんは私に手を差し出した。その手の上には小さな紙包みが乗っていた。

「お菓子をあげんまい」

　紙包みを開くと、中から色とりどりの砂糖にくるまれた豆が出てきた。五色豆というものだ。

「ほれ。甘いものは元気が出るわいねえ」

ピンクや白や黄色の砂糖菓子はとてもおいしそうに見えて、私はそれをひとつ摘[つ]まんで口に入れた。

甘い味が広がった。

「おじょうちゃんのお名前は？」

おばあさんが聞いてきたので、私は名乗った。

「それじゃあ——ちゃん。お菓子のお礼にお願いをひとつ聞いてくれんまいね」

おばあさんは私の手に紙包みを乗せて言った。私は砂糖菓子をもうひとつ口に入れた。

「うちの息子の嫁にきておくれ」

「いいよ」

私はたぶん言葉の意味がわからなかったのだろう。簡単に返事をしてしまった。

「そうかい、そうかい」

おばあさんは嬉しそうに言った。

「それじゃあすぐに結婚式をしなくちゃね……」

そのとき、強い力で腕が引かれ、手の中の五色豆がバラバラと地面に落ちてしまった。

「あっ」

腕を引いたのは私の祖母だった。目をむいたすごい形相で、お菓子をくれた老婆を睨んでいる。

「この子は」

祖母は呻(うめ)くような低い声で言った。

「まだ子供だから嫁には行けんのです」

そう言うと祖母は指を老婆に突き出した、人差し指と中指を交差させた奇妙な形を作っている。

老婆は一歩後ろに下がると、さっと顔を手で隠した。

「そうかい」

老婆の声は今まで聞いていたより聞こえにくくなった。まるで袋から空気が漏れるように言葉の合間にシュウシュウと音がした。

「それなら大人になったらもらいにくるわいね」

そう言うと老婆は身を翻して走り去った。足音は聞こえなかった。その姿は黒い留袖のせいもあって、すぐに暗闇に消えてしまった。

「ああ――」

祖母は大きな声を上げて私を抱きしめた。

「――ちゃん、どうして、どうして」

祖母は私の体にすがりつくようにして地面に膝を突いた。

私は祖母の肩越しに地面に落ちた五色豆を見ていた。

それは豆ではなかった。ただの小石だった。


その日、祖母と両親は遅くまで居間で話をしていた。内容はわからない。とにかく祖母が泣きながら必死な様子でわめいていたことを覚えている。

両親はどちらかというとそんな祖母を持て余しているようだった。

それから私は夜の外出を禁止された。

家族で外に遊びに行っても夕方までには家に戻ることになった。

当然、夏休みに楽しみにしていた花火大会もお祭りや夜店も禁止された。

一年もした頃、祖母が亡くなった。私に夜の外出を禁止したのに、自分はあちこちの寺や神社に出かけていたらしい。泊まり込みになるときもあった。

それから近所の神社で夜中にお百度参りというのもしていたようだ。雨の日も風の日も、具合が悪くても。

そんな生活が祖母の具合を悪くしたのか、死ぬ少し前にはずいぶんやつれてしまった。

病院に見舞いに行った私に祖母はあるおまじないを教えてくれた。これは誰にも言っちゃだめだよ、と。最後の手段だ、どうしてもだめだと思ったらやるんだよ、と。

訳がわからなかったが、私はその方法を覚えた。今でもちゃんと覚えている。

私が中学生の頃、父の仕事の都合で引っ越しをすることになった。友達と別れるのがいやでずいぶん泣いた。とくに親友のSちゃんとは引っ越しの話をしてから会うたびに二人で泣いた。

Sちゃんとは今でもメールや電話でやりとりしているけど、当時は二度と会えないような絶望感があった。

荷物を引っ越し便のトラックで送った後、私たちは電車で新しい街に向かった。

私は電車の窓から住み慣れた町を見ていた。

そのとき、私は見た。

線路沿いの電柱の横に、あの、お菓子をくれた老婆が、あの夜と同じ留袖を着て立っていたのを。

ものすごく怖い顔で私をしっかりと睨んでいたのを。

一

「じゃーん！　えんちゃん見て見て！」

いつものようにスピカがノックもしないで七〇四号室に入ってきた。

炎真はカウチに背をもたせ、静岡から取り寄せたところてんを食べているところだった。酢醤油（すじょうゆ）に黒蜜、柚子（ゆず）蜜、七味醤油、いろいろな味を楽しめるタレつきで、なめらかな舌触りのところてんはどれだけ食べても飽きない。

「篁……鍵をかけろって言っておいただろ」

「すみません、平安時代でも地獄でも鍵などかける習慣がなくてつい」

「ねえ、見てよ！」

スピカが自分の顔の前に黄色い毛玉を捧（ささ）げ持っている。よく見るとそれは茶トラの子猫だった。

「きなこちゃんですぅ！　げろかわいくね？」

「やめろ」

猫の丸いおなかを突きつけられた炎真は、猫の毛が入らないように、ところてんの容器を上に掲げた。

「どうしたんですか？　その猫」

篁が満面に笑みを浮かべて手を伸ばす。犬も好きだが猫も好き、動物ならもれなく愛している彼は、抱き上げた猫にでれでれと鼻の下を伸ばした。縞の上にぽよぽよとした黄色い毛が生えて、ほんとうにきなこ餅のようだ。

「あたしの猫よ。この間からこの近くをうろうろしてたの。親もいないみたいだから保護しようかと思って……あ、」

スピカはカウチで横になっていた炎真の足の間に、猫のゆずがいるのを見つけた。

「ゆずちゃん、きなこちゃんよ。仲良くしてね」

スピカは篁から子猫を取り返すと炎真の腹の上に乗せた。子猫はすぐにゆずの顔の前に自分の顔を寄せる。ゆずはきなこの匂いを嗅いだ後、舌でぺろぺろとその顔をなめ始めた。

「おい、どかせ」

自分の腹の上で二匹の猫がくつろいでいることに、炎真は低い声を出した。

「いいじゃん、すっごくかわいー。えんちゃんって猫に好かれるんだね」

「服に毛がつく、ところてんに毛が入る」

炎真はきなこの尻に手を当て、自分の腹からどかそうとした。

「猫だけじゃないですよ。エンマさまは動物全般に慕われています」

なぜか自慢げに篁が言う。

「へえ、そうなんだ」

「爪を立てるな、爪を」

炎真は落ちそうになってしがみついた子猫の首を摑んで引き上げる。

「でも、猫を連れてきていいんですか？」

「うん。あたしのアパート、ペット禁止だから部屋に置いておけないんだよ。事務所ならいつも誰かいてくれるし」

「え？　それじゃあ飼えないじゃないですか」

「こら、おまえら俺の体をなんだと……」

腹から胸へ、ゆずときなこは炎真の上で追いかけっこを始めた。

「だからペットOKのアパートに引っ越しするつもり。ここに時々きている地蔵さんって人、不動産屋なんでしょ？　ペット可で安いとこ紹介してもらえないかな」

「わかりました。それでしたらすぐに連絡をとりましょう。猫のために転居を決意するなんて、見直しましたよスピカさん」

「そう？　惚れた？　でもあたしはえんちゃんしか勝たーん」

その炎真は、今は頭の上に猫を二匹乗せ、髪をかきまぜられていた。

篁から連絡を受けた地蔵は一時間もしないうちにいい部屋を見つけてくれた。

「ネットワークには自信があります。検索の速さがうちの売りですから」

そう言って案内したアパートに、スピカはすっかり満足した。猫を飼うことに決めてから三日というスピードでスピカは引っ越しを終えた。

「そうなんだよー、前より広いのに前よりやすいの！　まあちょっと駅までは歩くんだけど、でもお風呂も広いし新しいし！　すごくいいとこ。あ、猫？　猫も元気。部屋の中走り回ってるよ」

スピカは越したばかりの部屋で、同郷の友人と電話で話をしていた、普段はメールアプリでやりとりする間柄だが、珍しく電話がかかってきたのだ。

彼女は中学の時の親友で、引っ越してからは会っていなかった。だがずっと電話とメールでつながっている。距離は離れても、耳元で聞く彼女の声は近い。

彼女がいなくなったあと、スピカは地元で高校へ進学したが、一年の半ばで退学して上京した。

経済的な理由といじめが原因だった。とはいえスピカがいじめられたわけではない。

いじめの被害者をかばったら標的がスピカになった。そのときかばった相手も加害者側に回ったので、ばかばかしくなってやめてしまった。

スピカに親はいない。両親ともに子供のうちに亡くなった。

小学生までは親戚の家で育ったが、中学、高校と施設から通った。

せっかく高校へ入学できたのに、と施設の先生は残念がったが、スピカは早く自立したいと頼んで上京のための資金を借りた。

最初は飲食店の皿洗いなどをしていたが、すぐに水商売に足をつっこんだ。年齢をごまかしてガールズバーやキャバクラでも働いてみたが、店で競争するようなシステムにいやけがさしてきた頃、今のデリヘルの店長に誘われた。

本番がないならいいか、と割り切って飛び込んでみたら案外性に合っていた。店長の回してくる客のタイプがいいのかもしれない。外でデートだけ、ということも多い。

もちろん、危ない目に遭ったこともあるがなんとか切り抜けてこられている。

東京での一人暮らしの間、スピカを支えてくれたのは、その小中のときの友人だった。彼女も転校先になかなかなじめず、二人はいつも夜遅くまで電話で話をしたものだ。友人は、今は高校を卒業して調理師の専門学校に入学している。

「え？　こっちに出てくる？　東京へ？　いつ……あ、うん、いいよ、泊めてあげる。もしかしたらまだ荷物片づいてないかもだけど。直に会うの久々だね、わかるかな……ってうそうそ、忘れるわけないよ、うん。わかった、楽しみにしてる」

通話を終えて、スピカはきなこのそばに転がった。子猫は引っ越しのときに出たナイロンテープや緩衝材にまみれて遊んでいる。

「きなこー、きーちゃん。トモダチくるんだよー。だーいじょーぶ、すっごくいい子だから！　あたしの親友！　きなこにも会いたいってさ。楽しみだねえ」

子猫は緩衝材の白い粒を体中にくっつけ、青い目をまん丸にしてスピカを見つめる。スピカは猫を抱き上げると粒を手で払った。

「……トモダチかあ……」

スピカは大きくため息をついた。

「親友って言ってもね、あたし、イズミにはデリヘルやってるって言ってないんだ……」

両手で抱き上げ、ちょんちょんと鼻でつつきあう。

「そういうの、親友って言ってもいいのかな。隠し事してるなんてさ」

子猫が首をかしげて「にゃあ」と鳴く。スピカはその薄く毛の生えた丸いおなかに顔を押し当てた。

「……きーちゃん、内緒にしててねえ」

炎真と篁は「バー山本」のカウンターにいた。ゴールデン街にあるステーキハウスでTボーンステーキをたいらげてきたばかりだ。

腹ごなしにと、炎真は北陸で唯一のウイスキー蒸留所「三郎丸蒸留所」のムーングロウを舐めている。

針葉樹の香りの中にオレンジやリンゴを感じる。奥にスパイシーさを隠した三郎丸蒸留所モルトとスコッチグレーンウイスキーのブレンデッド。

「それにしてもスピカさんが猫のために引っ越しまでするなんて思ってもいませんでしたね」

「あいつは善人だよ」

炎真は円筒形の薄張りグラスをゆっくりと回した。氷の表面に琥珀色の液体が愛撫するように触れるさまを楽しむ。カラリと澄んだ音がするたびに、香りが立ち昇った。

「エンマさまもスピカさんをお嫌いではない？」

「地獄の王が現世の人間に個人的感情を持つことはない」

「スピカさんはエンマさまが好きみたいですよ」

篁はからかうように、だが、興味を持って炎真に言葉を放る。

「俺は動物に慕われるとおまえが言ったんだろ」

「スピカさんはペットですか」

「似たようなもんだ」

炎真はウイスキーを口にふくんだ。まろやかな麦芽の甘味が唇に残る。

「そうそう、先日の七丁目のお嬢さんですが」

篁が飲んでいるのは高知の日本酒「酔鯨」。氷を入れた小さなたらいにガラスの片口が冷やされている。そこから杯に少しずつ注いでいた。

「お母様も無事に退院して、今は三人で暮らしてらっしゃるそうです。樹理子さんが連絡をくれました」

「鯖江の方は？」

ああ、と篁は苦い笑みを浮かべた。

「入院したそうです。あれはちょっと趣味の悪い罰でしたね」

「俺じゃねえぞ、地蔵がやったんだ」

炎真も顔をしかめて言った。

「あいつ、子供が絡むとえげつないからな。吉祥寺のやつよりその辺グレードアップしている気がする」

「新宿、だからでしょうか？」

「新宿だからだろうな」

カランとドアベルが鳴って、客が入ってきた。

「こんばんはあ」

野太い声に顔をあげた炎真は、派手な縦ロールを見て目をそらす。

「なによぅ、その態度。せっかく耳寄りな情報を持ってきてあげたのにぃ」

骨董屋の主人、胡洞は、朝顔柄の浴衣で炎真の隣のスツールに腰を下ろした。

「なんだ？　情報って」

胡洞はマスターの山本に「いつもの」とグレンフィディックを注文すると、着物のたもとからスマホを取り出した。

「なにか目ぼしいものがないかとネットを覗いてたら、こんなのが出品されてたのよ」

胡洞が見せたのは個人同士で商品を売買するWEBサイトだ。画面をタップして炎真に突きつける。

「こいつは……」

そこに写っているのは閻魔大王の根付だ。

「これ、あなたたちが探しているもの？」

「うーん……」

横から画面を覗き込んだ篁が首をひねる。

「似てますけど、ネットの写真じゃ判断しにくいですね。実物があれば地獄の匂いがするからわかるんですが」

「あら、そうなの？　本物なら買ってあげようかと思ったんだけど」

胡洞が画面をつつく。

「おまえはどうなんだ？　その写真で本物かどうか――どこにそれがあるのかわからないのか？」

「さすがにネットにアップされたものじゃ無理よ。印画紙に焼かれた写真ならまだなんとか追えるけど」

胡洞の正体は雲外鏡という妖怪で、もののある場所や人の過去を探ることが得意だ。

「とりあえず買ってみますか？　エンマさま」

篁が画像と炎真の顔を見比べながら言った。

「そうだな。他の人間の手に渡っても面倒だし、本物ならこれで解決だ。買っておけ」

「はい。胡洞さん、これ取引はどうすればいいんですか？」

「えっとね、ここでこう、カートにいれて……」

篁と胡洞がスマホをいじっている間に炎真はウイスキーを飲み干した。

「おかわり。ダブルで」

炎真の注文に山本が静かに、しかし手早く新しいグラスを作る。

「根付のやつ……。もう勝手は許さねえぞ」

スピカがようやく最後の段ボールを片づけた次の日、親友の針原泉美（はりはらいずみ）がやってきた。

数年ぶりに会う親友は、身長こそ昔と同じだったが、ずいぶんと大人びていた。やせたせいもあるかもしれない。子供の頃はコロコロとしていたのに、今は忙しいのか目の下に隈（くま）まで作っていて、あまり健康そうには見えない。

「スミコ！」

「イズミ！」

待ち合わせた新宿駅で二人は抱き合った。懐かしさに涙が出そうだった。泉美の方は本泣きしていた。

「ごめんね、スミコ。急に会いたいなんて言って」

目を何度も擦りながら針原泉美はスピカの本名を呼んで謝った。香林澄美子（こうはやしすみこ）がスピカの本名だ。

「いいよ、あたしだってずっと会いたかったもん。会おうと思えばいつだって会えるのに、ごめんね」

ごめんごめんと言い合い笑う。

「スミコ、すっごいきれいになったね。あか抜けたってこういうこと言うのかな。すっかり東京の人だね」

「えーへっへー、そうかな。イズミも美人になったよ。スマートになったね」

スピカは泉美のウエストを触った。食べていないのかと思うほど薄い腹をしている。調理師の専門学校に通っているというのに、この細さはどういうことだろう。

その晩、泉美は、スピカの家の小さなキッチンを借りて豪勢な夕食を作ってくれた。二人とも二十歳前だったので、アルコールこそとらなかったが、よく食べて――主にスピカが――よく話をした。

ただ猫のきなこは泉美が来てから部屋の隅にひっこみ、出てこなかった。炎真たちにはそんな人見知りはしないのに、と不思議だったが、数年ぶりの友人との再会に舞い上がっていたスピカにとっては些細なことだった。

電話で何度もしたような話をし、中学の頃の話を繰り返し、その夜は更けていった。

「スミコはさ……聞かないんだね」

夜、二人でひとつの布団に入り、電気を消した後も話をした。

「なにを？」

「私が上京したわけ」

「話したいなら話せばいいよ」

「うん……」

泉美はそう答えたが口から出てきた言葉は違うものだった。

「この間、映画観たんだけどさ、それがちょっと怖い映画だったよ。スミコは映画とか観る？」

「映画館では観ないけど、スマホでならときどき観てるよ」

「そっか……その映画さ、実話系ってやつで、ほんとにあったっていうの。それが私たちが中学までいたとこの話でさ。えっと、夜におばあちゃんとその孫が道を歩いていたの」

泉美は上京してきた理由を話さず、ごまかすように別の話をしだした。スピカは黙って聞いていた。

今まで仕事で相手をした男たちも、本題に入る前になんの関係もないことをだらだらと話すタイプが多かったから、きっとそのうち話すだろうと思っていたのだ。

「……それでその子がうっかりお嫁になるって言ってしまって……一緒にいたおばあちゃんが急いで戻ってきて、この子は子供だから駄目だって断ったの。でもその気味の悪いおばあさんは、じゃあ大人になったらもらいにくるって消えてしまったんだよ」

泉美の話は淡々と進んだし、怖がらせようという演出もなかったが、それが逆に真実味を帯びていて怖かった。

「それでなに？　その子が大人になっておばあさんが化けてでてくるの？」

スピカは天井に目を向けたまま聞いた。泉美は話の途中から眠くなったのか向こうを向いてしまっている。

「そうなの。そのおばあさんがその子のところへ現れるようになったのよ。約束を果たせって……それでその子はおばあちゃんに教えてもらった最後の手段を……とることにしたんだよ……」

「……」

「……」

「……イズミ？」

泉美の返事はなかった。すうすうと寝息が聞こえてくる。

「ええーっ、めっちゃ気になるんだけどぉ……」

スピカは小声で文句を言った。結局、泉美は本心を言わず、映画の話でごまかして、しかもそれが途中で終わってしまっている。

消化不良極まりない。

「もう……、イズミってば……」

揺すって起こそうかとも思ったが、それじゃあ怖い話を聞きたいだけの人になってしまう。

「しょうがないなあ……」

スピカは大きくあくびをした。

「きなこ、きーちゃん……」

猫を呼んだがそっちも反応はない。

仕方なくスピカも目を閉じた。昔から寝付きだけはいい。すぐに睡魔の網に囚(とら)われ、

スピカは眠ってしまった。

だから背を向けた親友が闇の中で目を見開いていることに、気づくことはなかった。

明け方に近い頃だったろうか。

ふと、スピカは目を覚ました。覚ましたといってもまぶたは開かない。意識だけが深い眠りの底から表層に浮かび上がってきた、という感じだった。

なぜ覚醒したのだろうと思ったが、すぐにわかった。頭の上のあたりを誰かが――なにかが歩いている。

きなこだ、とスピカは思った。ずっとキャリーから出てこなかったが、スピカも泉

美も眠ってしまったので安心して出てきたのだろう。

脳がまだ寝ていろと命じているのか、まぶたを動かせない。けれど腕は動いたので、スピカは布団から手を出して頭の上に伸ばした。そうすれば猫は指先に小さな頭をこすりつけるだろう……。

しかし、触れたのは、柔らかな毛皮でも濡れた鼻先でも細いひげのはえた愛らしい口元でもない。

細長くて硬くて先端がつるっとしていてそれぞれが別々に曲がって動いて——。

それが人の指だということは直感的にわかった。

イズミ？

スピカは必死に目を開けようとした。張り付いたように動かないまぶたを押し開ける。

夜中でも小さな明かりはつけているので部屋の様子はわかった。

目を開けたさきに泉美の頭が見えた。泉美は横で眠っている。

じゃああたしの頭の上で手を握っているのは——。

「……ッ！」

背を突き上げられるような恐怖にスピカは飛び起きた。泥棒だと思ったのだ。

「……はあ、はあ、はあ……」

心臓が、思い切り走ったかのようにドキドキして痛いくらいだ。

部屋の中には誰もいなかった。泉美は毛布に首を埋めるようにしてよく寝ている。

「夢……」

夢に違いない。そもそも頭の先は壁なのだ。誰が立てるというのだろう。

スピカは布団の上で部屋を見回した。部屋の隅のキャリーの中にきなこがいるのが見える。きなこは目を開けていた。

「ごめん、きーちゃん。起こしちゃった？」

きなこは丸い目を見開いている。前足を揃えて顔の前に出し、背を丸めてまっすぐこちらを見ていた。

「きなこ、おいで」

しかしきなこは毛を逆立てたまま、キャリーの中でじっと動かなかった。

翌朝、針原泉美は帰って行った。何度も「ごめんね、ごめんね」と謝っていた。

スピカはそれを急に会いに来たり、上京の理由を最後まで言わなかったりしたことに対する謝罪だと思っていた。

そうではないことを知るのは二日後だった。

二

「えんちゃん聞いてー！　今日、ほんっと、サイアクだったんだよー！」

　スピカは七〇四号室に飛び込んでわめいた。

「どうしたんですか、スピカさん」

　篁がすぐに冷蔵庫から冷たいほうじ茶を出してくれた。スピカはグラスを掴んで中身をのどにたたき込むと、ものすごい勢いで話しだした。

「今日の客がそもそも最悪クソだったとこから始まるんだけどさっ！」

　本番はしないと言ってるのに「みんなやってる」「金は出す」としつこく、あげくに「させないとひどい目を見るぞ」と脅してきた。

　こんな客には社長の言うとおりスマホを出して、「今の言葉全部事務所に流れているから。もうじきうちの怖いお兄さんたちくるけど」と脅し返してやった。

「まあ結局なにもしないでその家から帰れたけど、お金は前金の半分だけだからたいした稼ぎじゃないのよ！」

そこまで話してスピカは篁にほうじ茶のおかわりを要求した。

「うちは支払金額の六五パーセントが女の子の取り分になるの。高いのか安いのかわからないけど、定期的に病院で検査も受けさせてくれるし、交通費もスマホ代も出してくれるからいいほうだと思う」

事務所に戻るとリカとミナミがいたので、さっそく今日の客を三人でこき下ろしたのだ、とスピカは続けた。

そこへ社長から電話がかかってきた――。

「マジに最悪なのはそれからだったの！」

なんと今日の客が事故に遭って重体だというのだ。

自宅の部屋の窓から落ちたらしい。

それで警察が最後の通話記録からデリヘル事務所を探し出して。

「あたし、警察で取り調べを受けたんだよ！　それがマジクソみたいな扱いでさ！」

スピカはグラスの中の氷をガリガリとかじった。

警察はスピカの職業を知っていたので、その日なにをしたのか、いつもはどうしているのかと、事故に関係ないだろうことを根ほり葉ほり聞いてきた。

本番はしない、してないと言っているのに、そんなはずはないだろうとしつこく聞きたがる。

結局、男が事故を起こしたときには、家の玄関に内鍵がかかっていたことや、スピカの持つ交通系カードの使用履歴からその時間現場にいなかったこともわかり、解放された。

「でもあいつら、絶対あたしがやってるって最初からそんなふうに取り調べてんだよ。それでこんな仕事してるから事件に巻き込まれるんだとか、これを機会に足を洗えとか、あたしは犯罪者かっての！　ああもう、ムカックゥ!!」

結局スピカはほうじ茶を四杯も飲み、それでもまだ怒りが収まらないようだった。

炎真はカウチでゆずを抱えながら聞いていたが、スピカがテーブルの上につっぷしてしまったのを見て、起きあがった。

「キルフェボンの桃タルトがあったな」

「ああ、はい。切りますか？」

篁が冷蔵庫から四角いケーキの箱を取り出した。

テーブルの上に置かれたキルフェボンのカスタードクリームと桃のタルト――。

「……」

スピカは顔をあげ、その美しいフルーツの芸術品を見つめる。旬の桃がこれでもかとばかりに載せられ、さわやかに香る。上に散らされた赤スグリの実が鮮やかだ。

篁はタルトに大胆にナイフをいれ、それを四等分にした。贅沢(ぜいたく)だ、あまりにもゼイタクすぎる。

　三角形に切り分けられた一片が、皿に載ってスピカの前に置かれた。

「……いいの？」

「なんだ？　いつもはそんなこと聞かずにくらいついているだろうが」

「だってキルフェボンだよ？　えんちゃん、いつもホールごとイケる！　って言ってるじゃん」

「——まあ、イケるけどな」

　スピカは椅子に腰を下ろすとフォークを取り上げた。三角の先端をサックリと切ると、口に運ぶ。ひんやりつるり。芳醇(ほうじゅん)な桃の香りが口から鼻に抜けた。

「……美味(おい)し」

　部屋の中はしばらくフォークが皿に当たる小さな音だけがしていた。ゆずだけはフォークを使わず舌先で桃やクリームをなめとっている。

「うまいものはすべての煩悩を消してしまうな」

　一番早くタルトを食べ終えた炎真は、まだ食べているゆずに物欲しげな目を向ける。

「っていうか、猫にタルトなんて大丈夫なの？」

　スピカが皿に顔を突っ込んでいるゆずを見て、眉を寄せた。

「猫には糖分が多すぎるんじゃない？」

「こいつは特別だから大丈夫なんだよ」

ゆずは顔を上げるとクリームだらけの顔で「にゃあ」と鳴いた。

篁が香りのいい紅茶を炎真とスピカに運んできた。

「ありがと……」

バラの花が描かれた繊細なティーカップを両手で抱え、スピカは紅茶の表面をふうと揺らした。

「……足を洗えってさ……えんちゃんもあたしが仕事を辞めたほうがいいと思う？」

「別に。おまえが選んだ仕事なんだろう？　他人がとやかく言うことじゃねえよ」

炎真はティーカップの紅茶をゆずの鼻先につけたが、熱いせいか、猫はそっぽを向いた。

「あたし、今の仕事は稼ぎがいいからやってるだけで、やりたかった仕事ってわけじゃないんだよ。ていうか、やりたいことなんて特にないし」

紅茶が三分の一ほどになったところで篁がおかわりを注いでくれる。

「稼ぎたいってのがやりたいことなんじゃないのか？」

「そうだけど、でもそれだけじゃなんか……つまんないんじゃない？」

「なんで疑問形なんだ。自分のことだろ」

「えんちゃんは……今休暇中だって言ってたよね。司法関係の仕事だって。それってやりたくてやってんの？　自分で決めたの？」

　篁がぎょっとした顔をする。今までだれが閻魔大王にその仕事について尋ねたことがあるだろう。

「さあ……どうだったかな」

　炎真は遠い目をして窓の外を見つめた。

「昔のことだからな」

「昨日友達が……地元の子が遊びに来て泊まったんだ。地元って言ってもその子、途中で引っ越してったんだけど、小中学いっしょで仲良くて、親友……っていうと照れるけど、あたしはそう思ってる」

　膝の上に置いたティーカップを見つめながら、スピカは小さな声で言った。

「だけど、その子に今やってる仕事のこと言えなくて、アパレル関係だって嘘ついちゃった。彼女にはデリヘルやってるなんて言えなかった。これってやっぱり自分の仕事を自分でバカにしてるってことだよね」

　顔を上げると炎真はゆずの腹をくすぐっているところだった。

「みんなさ、やりたいことってどうやって見つけるんだろう？」

「やりたいことをやってるやつの方が少ないかもな」

　ぱしりと肉球で手の甲を叩かれた炎真が、ゆずを膝の上から追い払う。

「そうなのかな」

「それでもやってるなかで生き甲斐を見つけたり、幸せを見つけたりしてるんだ」

「あたしもデリヘルの仕事でそれを見つけろってこと？」

飲み干したカップを小さな流しに持っていき、スピカは炎真の方を見ずに言った。

「おまえが今の仕事に疑問を持ってしまったのなら、別の道を考えてもいいと思うぞ」

「あたし、――考えるのきらいなんだよ」

「自分のことは自分で考えろ。他の誰もおまえじゃないんだ。おまえはおまえ、替えのきかないたった一人だ」


炎真のもとから帰る道で、スピカは炎真の言葉を繰り返し呟いた。

「おまえはおまえ……あたしはあたし……」

歌舞伎町を抜け、東口まで来た。地下に潜って百貨店の中に入る。華やかなディスプレイ、色とりどりの服、心を誘う小物たち。

「いらっしゃーいませー！　あらぁ、スミちゃん」

よく行くお気に入りのブランドを覗くと、店員が愛想良く声をかけてくれた。えりあしをすっきりと刈り上げたおかっぱ頭のお姉さん、黒川(くろかわ)さんだ。

「こんちはー……」

「スミちゃんの好きそうなのはいってるよ、見て見て」

黒川が嬉しそうに言っておいでおいでする。

「わーん、見せないでー。黒川さんのおすすめなら買っちゃうもん」

「ふっふふー、これを見てもまだそんなことが言えるかなー」

「ぎゃあああっ！　かわいいっ！」

黒川とやりとりしているうちに気分があがってきた。

「ねえ、黒川さん。黒川さんってこの仕事好き？」

服をあわせて鏡を覗きながらスピカは聞いてみた。黒川はきょとんとした顔をしたが、すぐに真面目に顔をひきしめ、「うん、好きだよ」と答えてくれた。

「お客さんに自分が薦めた服が似合ったときは、ハッピーになるよ。買ってくれたらやったーって飛び上がりたくなっちゃう」

「ショップの店員になりたかった？　その、昔からそう思ってたの？」

立ち入り過ぎかなとも思ったが、黒川の笑顔につい聞いてしまった。

「うん。まあ、昔は店員になるだけが目標だったけど、今は……バイヤーも実は狙っている」

「バイヤー？」

「服を買い付けにあっちいったりこっちいったり。自分のセンスで選んだ服で店を展開したい……まあ、夢だけどさ」

黒川は照れくさそうに肩をすくめる。

「最初は私に服を選んでくれたお店のおねーさんに憧れてただけなんだけど、この世界の広さに気づいたらいろいろやりたくなったんだ」

黒川はぽん、とスピカの頭に手をおいた。

「なんか悩んでる？　スミちゃん」

「う、ううん……べつに」

イズミに自分がアパレル関係だって言ったのは……黒川のせいかもしれない、とスピカは思った。

ここの服はいつもスピカを元気づけてくれる。いやなこと、悲しいことがあったときは、この店の服を身にまとって気合いをいれる。

黒川や他のスタッフとおしゃべりをして、元気をもらって。

憧れで……始めてもいいのかもしれない。飛び込まないと新しい景色は見えないのだ。

ブランドの服が入った紙袋を下げて、スピカは弾む足取りで家へ向かった。まだ漠然としているけど、なにかを始めてみようという気持ちになっていた。

幸いデリヘルで稼いだお金は貯金してある。新しく行動を起こすために、しばらく仕事をしなくてもなんとかなりそうだった。

「そうだ、きなこちゃんにおやつを買ってこう」

スピカは大通りからはずれ、横道に入った。この道に並んでいるドラッグストアは猫用おやつの種類が豊富なのは前から知っていた。

きなこ用に小さなパッケージを二つ、自分用にアルフォートをひとつ買って店を出る。数歩歩いたところで着物を着た人が立っているのに気づいた。

夏だというのに黒い留袖を着た小柄なおばあさんだ。金糸の帯がいかにも暑そうだったが、しわだらけの肌の上には汗のひとつもない。

「お嬢ちゃん」

口を動かしていないように見えたが、老婆はそう声をかけてきた。

「大人になったねえ。べっぴんさんになったわいねえ」

「え？」

イントネーションが故郷のものに似ていた。いきなり話しかけられたことより、そのことに驚いた。

「これだけ大きゅうなったんだからもういいわいねえ」

「え……」

どこかで会った人だろうか？　この姿には覚えがある。黒の留袖……しわくちゃのおばあさん……。

「嫁に来てくれるんやろねえ」

思い出した。これは昨日の夜、イズミが話していた怖い話じゃないのか。夜に出会った留袖のおばあさん。

（なにこれ、はやってんの？　っていうか、あれ幽霊の話だよね、この人生きてる人だよね？）

「お嬢ちゃん……」

老婆が手を伸ばしてくる。体に触れられそうになり、思わず空いている手で払おうとした。

「お嬢ちゃん……」

だが、その手を摑まれてしまった。指に老婆の指が絡む。その瞬間、今朝方の夢を思い出した。あのとき、手に触れた細くて固くて凹凸のある――指！

「ひいっ！」

スピカは悲鳴をあげ、体ごと回転して老婆の手を振り払った。勢いで地面に倒れてしまう。

震える息を押さえながら顔を上げると、老婆の姿はもうなかった。膝の前に猫に買ったおやつと菓子が転がっていた。


家に逃げかえったスピカは（なんとか落とした猫用おやつは拾い上げたが）、きなこを抱き抱えて震え、泉美にメールをした。返事がなかったので電話もしたが、出てくれなかった。

いったいあれはなんだろう？　泉美が話した怖い話そのままだ。泉美は映画の話と言っていた。実話系の映画。実話系というのは本当にあったことで、だったらあれは幽霊だったのだろうか？

スピカは「留袖」「おばあさん」「嫁」でスマホ検索したが、出てくるのは着物の広告ばかりだ。

「ああー、気持ち悪い！」

指の間にまだあの老婆の指の感触が残っている。スピカは猫の柔らかな体をまさぐってその感触を消そうとした。

「けーさつとかばーさんとか、もうやだ！　きーちゃん、なぐさめてー」

猫のおなかを揉むと、いやがってぐねぐねと逃げようとする。腕を伝って肩に上られ背中に爪を立てられた。

「いたいいたい、やめてー」

遊んでいるうちに気持ちは落ち着いてきたから猫は偉大だと思う。

寝る前にもう一度泉美に連絡してみたが、ＳＮＳにも反応がこないし電話にもやはり出なかった。

「明日、もっかいえんちゃんとこ行って相談してみよう……」

スピカは布団に入ったが、なかなか眠れなかった。今日はきなこもスピカの首もとで丸くなっていてくれる。その背中に鼻先を埋め、目を閉じた。

小さなごろごろという音に耳をすましていると、気持ちが穏やかになってくる。昨日のことも今日のことも夢だったのではないのかと思えてきた。

やがて意識は薄れ、スピカは眠りの中に落ちた。

――目を覚ましたのは顔に触れたものがあったからだ。まぶたの上を右から左にすうっとなにかが触れていった。それが誰かの手だということは、眠っていたのになぜかわかった。

スピカは驚いて起きあがろうとしたが体が動かなかった。

まるで布団の上に張り付いたように身動きひとつできない。

ぐっと両肩が押された。目が開かないのでわからないが、誰かが胸の上に乗って手で押しているようだった。だが、乗っているにしては胸に重みがない。まるで腕だけが肩を押しているみたいだった。

次に耳元で「ふうっ」と誰かの息の音が聞こえた。ため息のようだった。それはどことなくほっとしたような、詰めていた息を吐き出したような、安堵(あんど)したものだった。

「よかったよかった」

しわがれ声が聞こえた。

「これでうちの息子にも嫁がくるわい」

違う！　とスピカは言いたかった。あたしはあんたの息子の嫁じゃない！

「ずっとずっと待っとったよ」

違う、違う。

目が開かない。体が動かない。声もでない。

「一緒に行こうなあ」

いや！

顔を摑まれた。こめかみから頰にかけて両手で押さえられている。このままひっぱる気だ。

いやだいやだ！

なんであたしが嫁になんかならなきゃいけないのよ！　離せ、くそばばあっ！

恐怖より怒りが勝り、心の中で思いつく限りの悪態をついた。

「ニャアアアッ！　ナオオオオッ！　ギャウオオオオッツ！」

聞いたこともないようなきなこの大きな声が響きわたった。両頬の圧迫感がふっと消え去る。とたんに体が動くようになった。

「うわっ！」

スピカは悲鳴をあげて飛び起きた。

「ナオオオオッ！　ウワォオオオオッ」

きなこがまだ鳴きわめいている。

「きなこ！」

スピカはきなこを両手で抱き上げた。きなこはスピカの腕の中でも毛を逆立てて鳴き続けている。猫が威嚇している場所はなにかがスピカの頭を持ってひっぱろうとした方向だったが、そこには壁しかなかった。

三

「えんちゃーん！」

「またか」

翌朝、泣きながら七〇四号室に飛び込むと、炎真は不機嫌そうな声で迎えてくれた。

「おまえ、少しはまともな挨拶で入ってくるとかできないのか」

「だって、だって」

スピカはきなこを入れたキャリーバッグを抱きかかえてわめいた。

「幽霊に会っちゃったんだもん。おまけに昨日はあたしを連れていこうとするし！」

きなこはキャリーの中から飛び出すと、カウチで丸くなっていたゆずのもとへ走った。二匹で鼻先をつけあわせて挨拶している。

「見ろ、猫の方が礼儀正しい」

「幽霊ってどういうことですか。スピカさん」

篁が聞いてくれたので、スピカは昨日ドラッグストアの帰りに会った留袖の幽霊と、夜中の金縛りの話をした。

「最初はただの映画の話だったはずなのに、なんでかあたしのとこに現れるんだよお」

「映画の話？」

「友達が見たっていう実話系の映画の話でさあ」

スピカは泉美から聞いた留袖の老婆と少女の話も最初から説明した。

「ふうん」

炎真はカウチに寝そべったまま、神戸フランツの壺（つぼ）プリンにスプーンを差し入れ、気のない返事をする。

「その友達ってのはそれから連絡とれないのか」

「そうなんだよ。今まではすぐ返信くれてたのにさ。だからそっちも心配なんだ」

「まあしかし、それだけじゃちょっと俺にもわかんねえな」

滑らかなカスタードを舌に絡ませ、炎真は卵の風味を楽しんだ。

「そんなあ、えんちゃん、頼りにしてたのにぃ！」

「勝手に頼るな」

コトリ、とまだ入っている壺を窓辺に置く。そこにはすでに空の壺が二個置かれていた。

「やだよう、またあのババアが出てきたらぁ」

「じゃあひとつだけ、アドバイスしてやる」

炎真はカウチから起き上がると、冷蔵庫を開けてペットボトルのほうじ茶を取り出した。

「こんど、そのばあさんが出てきたらな、結婚式の準備はこっちでするから、迎えに行くまで待ってろと言ってやれ」

キャップを開けてそのままゴクゴクと飲む。冷蔵庫の中には他にも抹茶や麦茶、黒豆茶などが所狭しと詰め込まれていた。

「ええーっ！　やだよ、幽霊と結婚なんてしたくないよ！」

「ばか。方便だ」

「あ、そっか」

スピカはぱんと手を叩いた。

「迎えに行くって言っておけば向こうから来ることないものね。さっすがえんちゃん」

スピカは安心したのかようやく笑顔を見せた。

「ばあさんが出たら篁に連絡しろ」

「えー、えんちゃんじゃだめなの？」

「俺は電話を持ってない」

「うそ！　そんな人いるの!?」

スピカは篁と電話番号を交換しあった。番号を表示させ、お守りのように胸に押し当てる。

「じゃああたし、仕事してくる」

スピカはゆずと転がりあっているきなこを抱き上げた。きなこはもう少し遊びたいというように手の中で身をよじったが、無理やりキャリーの中に押し込む。ぴゃーぴゃーと、か細い声が聞こえた。

「ありがと、えんちゃん。ほんとは二度と会いたくないけど、もしまた出たらそう言ってみるよ」

スピカが意気揚々と出て行ったあと、炎真はゆずを振り向いた。ゆずは今はもう人の姿をとって炎真の食べ残しのプリンに指をつっこんでいる。

「きなこはなにか言ってたか？」

「おん」

ゆずはプリンの容器を両手で持って、底の方をなめとりながら答えた。

「ずいぶん強いものが来とるって。こないだ来たっていう客が置いていったみたいね」

「だろうな」

「炎真の兄ちゃん、気づいてたの？」

人が悪いなあ、とゆずは炎真を責めるような目で見る。

「ああ、死霊の残り香のようなもんがくっついてたからな。ありゃあ面倒臭そうだ」

「スピカさん、大丈夫でしょうか？」

心配そうな篁に、炎真は軽く肩をすくめてみせた。

「あいつが俺の言ったとおりにやれば、もう一回で片はつくだろう」


その日のスピカの客は、以前にも相手をしたことのある男だった。ことを終えて帰り支度をしているスピカを、裸のままで床に座り見上げている。

「いやあ、よかったよぉ。いろんな子試したんだけどさあ、やっぱりスピカちゃんが一番いいっていうか、いや、スペシャルだね」

「アリガトー、ウレシーヨ」

口元だけは笑みのかたちを作って棒読みで答える。

男にとっては一番でも、スピカにとっては何人もいる客の一人にすぎない。

「これからもスピカちゃん、指名するからさあ」

「うん、またご贔屓(ひいき)にね。それじゃあ……」

持ってきていたバッグが見あたらない。部屋を見回すスピカに男はニヤニヤした。

「あたしのバッグは？」

「もう少し休んでいきなよ」

「悪いけど仕事つまってんの」

「売れっ子なんだあ」

スピカは男を睨んだ。裸の腰の下にちらっとバッグの赤い色が見える。

「返してよ」

取り返そうと腕を伸ばすと、その腕を逆に引っ張られ、胸の中に抱き留められてしまった。

「スピカさあ、おまえだってアレくらいで満足してるわけないだろ？　なあ、ここからは仕事抜きでさ」

いきなり呼び捨てにしてくる。

「……本番は法律違反になるんだよ」

すぐそばに迫る男の顔を手で押し返し、スピカは低い声を出した。

「もう仕事は終わっただろ、ここからは互いの意志ってことで」

「互い?!　いつあたしがあんたとヤリタイって言ったよ！」

スピカは男の腕をふりほどこうと暴れた。だがやすやすと組み伏せられ、足の間に体を押しつけられてしまう。

「無理すんなよ、好きなんだろう？」

「なにがよ！」

Tシャツをまくりあげられ、ブラを摑まれた。男の指がふくらみを強く握りしめる。

「い、いた……っ！」

迂闊だった。いつもならスマホを放さずにいたのに、リピーターだと思って安心していたのか。最近気がゆるんでいたのかもしれない。

「離せ！」

スピカの抵抗が男の嗜虐心を煽ったのか、荒い呼吸でのしかかってくる。下半身に触れられ、全身に鳥肌が立った。

「やだっ！」

悲鳴を上げたとき、どさっと男の顔がスピカの肩に落ちた。スピカは体をひねって男を押し退けた。抵抗はなく、ごろりと転がる。

スピカは両足を胸に引き寄せ、尻で後ろにさがった。男はスピカが押し退けた体勢のまま床に伏せている。

「……え……」

動かない。手足を投げ出してまるで子供が放り出した人形のような姿だ。

「ちょっと……」

おそるおそる声をかけ、そばに寄ってみた。

前に、中央公園で老人とデートしたとき、急に心臓を押さえて倒れてしまったことがある。あわてて救急車を呼んだが、彼はそのまま亡くなってしまった。

「ま、まさか、また……」

肩を揺すって床に伏せていた顔を上に向かせる。男の目は開いたままだ。体はまだ温かい。

「きゅ、救急車……」

スピカは男が隠していたバッグに手を伸ばそうとして――もう一度悲鳴を上げた。

そこに留袖の老婆が立っていたのだ。

「息子の嫁になる前にふしだらなことをしたらあかん！」

老婆は怒っていた。しわくちゃな顔の中の目が怒りで黄色く燃えている。

「なんちゅう浅ましい嫁だ、もう堪忍ならん、今すぐ連れて行く」

すすすと老婆が足も動かさずにスピカの前に来る。スピカは逃げようとしたが、夜と同じように体が動かなかった。

「さあ、おいで」

老婆の手が伸ばされ、触れようとした瞬間、スピカは叫んでいた。

「けっ、結婚式をするから！　だから待ってて！」

老婆の手がぴたりと止まった。

「結婚式をするの！　じゅ、準備してる。迎えに行くから！　だから待ってて！」

そう叫ぶとスピカは頭を抱えた。体を縮めて相手から見えないように小さくなって。

「……そうかい」

老婆の声が耳元で聞こえた。ふうっと冷たい息もかかり髪が揺れる。

「それは楽しみだねえ……」

どのくらいそうして目を閉じていただろうか？　三〇分？　一時間？

スピカが再び目を開けたときには老婆の姿はなく、男が同じ姿勢で床に転がっているだけだった。

スピカはすぐに救急車を呼ぶと急いで男の部屋を出た。震える手で篁に連絡する。

「――とりあえず自宅へ戻ってください。僕たちもスピカさんの家へ行きます」

篁は落ち着いた声で答えてくれた。

「あ、あたしの家、知ってるの？」

スマホの向こうで篁が柔らかく笑う気配がした。

「きなこさんから聞きましたから」

「へ……？」

半信半疑のまま自宅で待っていると、本当に炎真と篁がやってきた。

スピカは部屋の中で布団にくるまっていたが、炎真の顔を見たときに、部屋を掃除しておくんだったと後悔した。

部屋の中は洗濯物が出しっぱなしだし、朝食で食べたパンがそのままになっている。

スピカはいそいでカーペットの上の衣類をまとめて洗面台に持っていった。

「ねえ、……ほんとにきなこに聞いたの？」

「そんなわけあるか」

「地蔵さんから聞いたんでしょ」

スピカの言葉に炎真は答えてくれなかった。

「たぶん、昨日の事故もそのばあさんがやったんだろ。大切な息子の嫁に不埒(ふらち)な真似をした、と罰を与えたんだ」

詳しく話を聞いた炎真が言った。

「おかげであたしは警察で取り調べられて……余計なお世話だよね」

「迎えに行くと言ったら納得したんだな」

「うん、……楽しみだって」

スピカが顔をくしゃっとつぶして涙を浮かべた。

「あたしいやだよ、幽霊の嫁なんて。どうせならえんちゃんの嫁になりたいのに！」

炎真はスピカの言葉を無視して狭い部屋の壁に触れた。

「ばあさんはこのへんに立ってたんだな」

「そう、あたしの頭の上。立つスペースなんかないのに」

「ふん……」

炎真は壁にそって手を這わせ、隅に置いてあるカラーボックスまで到達した。

「ああ、これか」

炎真は篁に目線で合図をして、一緒にカラーボックスを少しずらした。その後ろから、ひらりと薄い紙のようなものが出てくる。

それは人の形をしていた。頭のさきから股の部分にかけて名前が書いてある。

針原泉美

「イズミ!?」

その名前を読んでスピカは息を呑んだ。

「友人がきたのは計画的だったようだな」

炎真は人差し指と中指の間に紙をはさんでひらひらと振った。

「そんな……なんで、イズミ……」

「こうなると友人が話した映画の内容——あれも自分のことの可能性が高い」

「お菓子をもらったから……嫁に？　なにそれ、ふざけんじゃないわよ！」

スピカは両手で床を叩いた。

「この針原泉美という女がおまえを身代わりにしたのは確実だ。どうする？」

「ど、どうするって」

炎真の声の調子が冷たくて、スピカは思わず彼の顔を見上げた。炎真は少し機嫌が悪いようだった。

「このヒトガタで針原泉美の存在をおまえに移し替えたんだ。だからこれを破ればその効果はなくなる。ばあさんがおまえのもとに現れるということはなくなるだろう」

「そ、」

スピカは思わず前のめりにその紙に手を伸ばしたが、触れる前に手を引っ込めた。

「うちにこなくなったら……そうしたら……どうなるの」

「その女のもとにでるんだろうな」

「そしたらイズミは？」

炎真は答えず肩をすくめる。

「だめだよ！　そしたらイズミのとこにあの人がでるんでしょう？　嫁になれって！

イズミはだからあたしに助けを求めてきたんじゃん、イズミは……っ」

「黙っておまえを身代わりにするような女だぞ」

炎真の言葉にスピカは唇を噛んでうつむいた。

「……追いつめられてたんだよ、わかるよ、怖いもん……」

「赦(ゆる)すのか？」

「――あたしにはえんちゃんがいるじゃん」

スピカは目に涙を浮かべながらも気丈に笑みを作ってみせた。

「なんとかしてくれるんでしょ？」

炎真は口元を上げて意地の悪そうな笑みを見せた。

「おまえがそういう人間だからな……仕方ないか」

四

暗い道を二人は歩いていた。

留袖をまとった小柄な老婆と、紋付き羽織袴の大柄な男だ。

老婆はしわだらけの顔の中に、きょろきょろと動く二つの目がわかるが、男の方の顔ははっきりとしなかった。暗い陰が常に顔の上を覆っている。

二人の進行方向にぽつりと白い光が灯った。提灯の灯りだ。

提灯を持っているのはやはり羽織袴の若い男だった。

「ようこそ、おいでくださいました。ここより先は私がご案内します」

青年はにこやかに挨拶をした。長髪を顔にかからないようにカチューシャで持ち上げている。

「花嫁が待っております。こちらが祝言の場でございます」

青年が手を差しのべるとぽぽぽと音を立て、丸い光が順に灯った。光が導く白い道は玉砂利が敷かれている。

道の終点にはやはり白い幕が張られ、その前に金色の屏風が置かれていた。

そこには花嫁が待っていた。黒引き振り袖と呼ばれる打掛を羽織り、白い綿帽子をかぶっている。白いおとがいと紅を引いた唇だけが見えていた。

黒縮緬の打掛には鮮やかな色刺繍がほどこされている。たくさんの花々の間を飛ぶ美しい鳥たちの刺繍だ。

花嫁の横には三々九度の支度をした雄蝶雌蝶も座っている。紋付袴の男の子と、赤い振り袖を着た女の子で、二人とも目元や唇に紅を差し、かわいらしい。

「おう、おう」

留袖の老婆は声をあげた。

「なんと立派な祝言の場じゃ」

「さあさあ、ご母堂さまはこちらへ。ほれ、あのように媒酌人さまもお待ちでございます」

案内の青年が示す通り、二人の媒酌人もその場に座っていた。

男性は上質な羽織に袴で長い髪を後ろで結び、赤い眼鏡をかけた女性は髪を高く結い上げ、華やかな裾模様の留袖をまとっている。

「恐れ入ります。ご母堂さまとお婿さまのお名前は」

「わしの名前は十条カヨじゃ。息子は惣介と申す」

「わかりました」

青年は聞いた名前を媒酌人の男性に告げる。媒酌人はうなずくと、

「ではこれより十條家、針原家の祝言を執り行います」とよく通る声を響かせた。

「おおお……」

老婆、カヨは目から涙をあふれさせた。

「ようやく、……ようやく念願が叶う」

「長い間ご心配でしたね」

案内の青年が優しく声をかけた。

「さあ、ご覧なさい。息子さんとお嫁さんを」

「はい、……はい」

老婆の顔が、涙が流れ落ちるとともに、少しずつ若く、美しくなってゆく。

「あの戦争で……息子に赤紙が来て南方に送られ……戻ってきたら母が必ずよいお嫁さんを探してやると約束しておりました」

カヨは目元をたもとで押さえた。

「ずっとずっと帰りを待っておりました。戦争が終わったことを知ってどれほど嬉しかったか。今日帰ってくる、明日帰ってくるとずっとずっと待っておりました……」

空襲に襲われた町を、息子の紋付き袴、自分の留袖を抱いて走り回った。瓦礫（がれき）と化した町を歩いて舅（しゅうと）と姑（しゅうとめ）を捜した。

知り合いの家に身を寄せて、毎日、新聞で戦地から戻る兵士の名前を探した。駅に行っては息子が汽車から降りてこないかと待った。

必ず戻ってくる、帰ってくる、そうだ、嫁を探しておこう。

けれど戻らない息子のところへ嫁の来てもあるはずなく。

毎日辻に立ち若い女に声をかけているうちに、どこかおかしくなったのだと指さされ、無理矢理病院に入院させられた。

日々、過ぎていく時間の中で、息子が戻らないことはうすうす感じていた。

やがて病み衰えたカヨは世間を恨んだ。息子はお国のために戦ったのではなかったか、息子の犠牲のおかげで平和な世になったのに、息子は戻ってはこないのか。息子の体は南方の泥の中、花嫁の手をとることもできず。

ああ、花嫁を――息子に祝言を――。

花嫁を、花嫁を、花嫁を……。

「これより三献の儀に進みます。新郎新婦による固めの盃でございます」

媒酌人が告げた。カヨははっと顔を上げ、震える手を口元に当てる。

「ご母堂さま、ほら、三々九度を交わされますよ」

「はい、はい――」

カヨは感無量の様子でうなずくだけだった。

金屏風の前に座る花嫁と花婿の前に雄蝶と雌蝶がしずしずと進み出てくる。朱く塗られた屠蘇台の上に盃台が置かれ、その上に三段重ねの盃が載っていた。

まず花婿が小さな盃を手に取ると、雌蝶が金色の銚子で盃にお神酒を注ぐ。花婿の顔は相変わらず暗い影が覆っていたが、無事にお神酒を飲むことができた。次に花嫁が花婿から盃を受け取り、雄蝶がお神酒を注ぐ。

三々九度の三つの盃にはそれぞれ意味があった。一番小さな盃は過去、真ん中のは現在、大きなものが未来。そして「人」「地」「天」をも表わしている。

それぞれが三回ずつ、三度繰り返された。

「たぁかぁさぁごやあぁぁ――」

媒酌人の男性が歌う「高砂(たかさご)」の声が朗々と空間に響いた。

「これでご母堂さまの長い間の心残りもなくなりましたでしょうか」

「はい、……はい」

カヨは涙を拭いて案内役の青年ににっこりと笑い返した。彼女の真っ白だった髪は黒々と豊かに結われ、しわが刻まれていた頬はつやつやと、落ちくぼんでいた目はきらきらと輝いている。

美しい、花婿の母だった。

「ありがとうございます、こんな立派なお式を挙げていただいて」

「いいえ、ご母堂さまの思いに応えたまででございます」

「これでわたくしも安心しました。もう……もう……じゅうぶんでございます……」

「十條カヨさま。お送りいたします」

青年――篁が片手を振ると暗い円が開く。カヨはその穴を見つめ、「ああ」とため息をついた。

「ほんとうに、お世話をかけました……」

そう言うとカヨの姿はすうっと薄くなり、穴の中に消えていった。

「さあ、それでは次は花婿さまをお送りしましょう」

金屏風が風にあおられたかのように空に飛ぶと、そこは広い畳の部屋になっていた。

周りは障子がいくつも立っている。

綿帽子をかぶり、黒い打ち掛けをまとった花嫁が花婿と一緒に立っていた。

「母親は逝った」

花嫁が綿帽子の陰でささやいた。

「だがおまえは逝けないだろう。おまえは霊じゃないからな。母親の妄想が作り上げた慚愧の念だ」

——おおおおお……ぉぉおお……。

羽織袴の花婿は、両腕を広げて咆哮した。黒い顔の上にはさまざまな男の苦悶の表情が現れる。

花婿は花嫁に摑みかかり、綿帽子を引き裂いた。花嫁の体が後ろに飛びすさり、障子をバラバラと倒してゆく。

「やれやれ、いくつか取り込まれてしまった弱い魂もいるようだな」

裂かれた絹の綿帽子の下で、にやりと紅い唇が笑った。

「今、おまえたちも解放してやる。安心して地獄へ行け」

打ち掛けをばさりとはぐと、真っ白な羽二重の襦袢をまとった炎真の姿が現れた。

炎真は手の甲で口の紅をぐいっと擦り落とし、黒縮緬の打ち掛けを振った。たもとが、裾が、花婿を打つ。そのたびに黒い綿埃のようなものが全身から散っていった。

打ち掛けに描かれた色鮮やかな鳥たちが一斉にはばたき、舞い上がった。

――おおおお……おおぉおおおお……。

鳥たちは黒い綿埃――雑霊をついばむとそのまま開けられた地獄の穴に飛んでゆく。

どんどん小さくなった花婿は、最後には黒い固まりとなって、炎真の足下にわだかまった。

「まだ残ってやがるな」

炎真はその黒いものを踏み潰そうと足をあげた。

「炎真さん」

媒酌人の男――地蔵が羽織を脱ぎながら近寄ってきた。

「それは潰さないで。私にください」

「どうするんだ？　こんなもの」

地蔵は羽織で黒い影のようなものを包んだ。

「これは——長い間、十条カヨとともあった妄念です。彼岸へ逝ったカヨには必要ありませんが、これにとってはカヨは本当の母親です。ですから」

地蔵が羽織ごとそれをぐいぐいと丸めてゆく。ある程度小さくなってから開くと、布の中に黒瑪瑙(めのう)のかんざしが生まれていた。

「カヨにこれを渡しましょう。母とともに妄念も浄化されてゆくでしょうから」

黒瑪瑙の表面が光った。まるで涙のように……。

七〇四号室でスピカはきなことゆずと一緒に待っていた。今日は一日部屋から出ないようにと。そして自分たちが戻るまでゆずの面倒を見るようにと言われた。

面倒と言ってもゆずはおとなしく椅子に座っているし、スピカのやったことといえば、きなこと紐で遊んだだけだった。

時計の針が一〇時を回った頃、ガチャッと鍵の開く音がした。

「よう」

炎真を先頭に、篁、地蔵、胡洞が入ってくる。炎真はTシャツにボトムだったが、残りの三人は結婚式帰りの和装のままだった。

「えんちゃん！」

スピカは飛び上がり、炎真に抱きついた。

「大丈夫だったの?!　どうなったの？」

「無事だ。ばあさんもちゃんとあの世へ戻った」

炎真は首にしがみつくスピカの手をはずして言った。

「ほんとに!?　じゃあもういないんだね！」

「ああ」

「イズミのとこへも……」

「もう出ないさ」

「――よかったあ！」

スピカはへたへたと床に座り込んだ。

「イズミもこれで安心だね……。ほんと、あたし、着物のばばあ、もう怖くて怖くて」

「十條カヨだ」

炎真はカウチに腰を下ろした。

「え？」

「ばあさんの名前。十條カヨ。戦争に行った一人息子に嫁を見つけてやりたかった……ただの母親だ」

幽霊にも名前がある。残した思いがある。炎真の言葉にそれを感じ、スピカは自分の言葉の毒を反省した。

「お疲れさまだったわねえ」

胡洞が篁や地蔵から羽織袴を回収していく。今日のための衣装は全部胡洞に用意してもらった。黒引き振り袖の中に地獄鳥を仕込んだのは地蔵だ。

「今回はありがとうございました」

地蔵が胡洞の持つ風呂敷の上に金一封を置く。胡洞は赤い眼鏡のブリッジを指先で持ち上げるとにやりと笑った。

「こちらこそ。幽霊の祝言なんて面白いイベントに参加できて楽しかったわよ。炎真さんの花嫁姿も見られたしね」

「うるせえ」

炎真は白い布を放った。引き裂かれてしまった綿帽子の一部だ。

「またなにかの折にはご用命くださいねえ」

胡洞は笑いながら帰って行った。

「お茶を淹れましょうね」

篁がお湯を沸かす。部屋の中にほっとした柔らかな空気が降りてきた。

炎真はカウチに寝ころびスピカに背を向けていた。夜の街を見つめる彼の顔が、窓ガラスに反射して映っている。

「スピカ、おまえ、前に聞いたよな」

「え？」

「俺に、仕事はやりたくてやっているのかって」

「う、うん」

地蔵が顔を上げ、篁に問うような表情をしてみせる。篁は無言でうなずいた。

「あれから思い出したんだが、――俺はやりたかったんだ」

炎真は窓に手を伸ばし、ガラスに触れた。夜に輝くいくつもの街の光、人が生きる光を望むように。

「人が、一人一人がどういう人間なのか知りたくて、その人間が良い方向へゆけるように願って……俺はこの仕事を選んだんだ。最近は忙しくて忘れかけていた。おまえが思い出させてくれたよ」

「……そう、そうなんだ」

スピカは自分に背を向ける炎真を見つめていた。窓ガラスに映る彼の顔が、今日はとても優しかったから、それだけ答えるので精いっぱいだ。

おばあさんの幽霊の件解決したよ、とスピカは泉美にメッセージを送った。返事がきたのは五日もたった頃だった。

終

「ほんとうにごめん……スミコ」

再度上京した泉美は、待ち合わせた新宿駅で深々と頭を下げた。

「お札も神社も効かなくて、もうどうしようもなくて、怖くて怖くて……」

「あのおばあさん、息子を結婚させたい一心で化けて出てたみたいだよ」

スピカの言葉に泉美はうなずいた。

「おばあちゃんが若いころからちょくちょく噂になってた幽霊だったんだって。おばあちゃんはいろんな霊媒師さんや除霊師さんのところへ行って、魔よけのおまじないを教えてもらってたらしいの。最終的にヒトガタに名前を書いて……」

泉美が言いにくそうだったので、スピカは代わりに言った。

「身代わりにしたんでしょ。でもイズミ、いいアイデアだったよ。身代わりがあたしでよかった」

「……ごめんね」

　スピカはあははと笑って手を振った。

「へーき！　あたしも守ってもらっちゃったし」

　それでもまだ泉美が申し訳なさそうに暗い顔つきでいたので、スピカは彼女の首を腕で抱え、その耳に口を押し付けた。

「あたしさ、実は転職したんだ」

「転職？」

「うん、あたし、本当は……水商売してたの。嘘ついてたんだ」

　デリヘルをやっていたとはまだ言えない。親友に本当のことが言えないのはお互い様だ。

「でも、今はほんとにアパレル関係の仕事してんの。古着の店で、店員もあたしと、もう一人しかいないんだけどさ。客はよく覗いていくけどあんまり売れなくてさ」

　ぱん、とスピカは両手をあわせる。

「そうだ、イズミに服を選んであげるよ。可愛(かわい)くなって帰って行って！　センスいいってみんなが言ってくれるから、おまかせよ！」

「う、うん」

　スピカは泉美を引っ張って歌舞伎町へ向かって歩いた。大勢の人が自分たちのそばを通り過ぎてゆく。

街を行く人たち、みんな働いているのかな。自分で選んだ人もいるだろう、流されてその職に就く人もいるだろう、そこしか働く場所がない人もいるだろう。

それでもなにかしらの小さな夢と希望を抱いて生きていくのだ。あたしはえんちゃんみたいに人が良い方向へゆけるようになんて大それたことはできない。自分のことで精いっぱいだ。

でもたった一人のかけがえのないあたしが良い方向へ進めるなら、それってすごくいいことじゃね？

第五話

えんま様の帰還、もう一度

more busy 49 days
of Mr.Enma

序

今日、元カレが死んだ。

駅の階段から落ちたらしい。

それを知ったのは仕事を終え、新宿から中央線に乗った直後だった。私と元カレの両方とつきあいのある友人からスマホに連絡がきた。

階段から落ちて死ぬなんてよほど打ちどころが悪かったんだなあ、とぼんやり思う。

それからほっと肩を落とした。重い荷物を下ろしたような気がした。

安堵しているなんてずいぶん薄情だ、と冷静に思う。愛情がまったく残っていなかったとわかった。

彼の死んだ場所が私の自宅の最寄り駅じゃなかったら、もう少し悲しんだかもしれない。

でも死亡場所はそこだ。なので悲しめない。彼がその駅に来ていたのは私をストーカーするためなのだから。

土曜日ということで会社員の彼は休みだ。きっと昼からそこで待っていたのだろう。私は彼につきまとわれるのがいやで、帰宅時間を毎日変更していたので、昼から待ち構えていたのだ。

私は車内の掲示板を見た。降りる駅に近づいている。

さすがに今日、元カレが死んだばかりの駅を使う気にはなれず、ひとつ前の駅で降りて歩く。

死んでからもこんな面倒をかける彼に腹が立つ。明日はちゃんと最寄り駅を使えるだろうか。

三年、中央線を使っているのにこの駅には降りたことがなかった。たったひとつ前だというのに。

ロータリーからにぎやかな商店街が続いている。店先を覗いていくとなかなかいい品揃えだ。しばらくはこの駅を利用するのもいいかもしれない。

夕方の大きなオレンジ色の太陽が商店街の上に見える。眩しくて、手をかざした。少し歩くと太陽が建物の陰に隠れたので手を下ろす。

目の前に彼がいた。血まみれで、笑っている。

悲鳴こそ上げなかったが、その場で尻もちをついてしまった。

衝撃で一瞬目を閉じる。再び開けたときには彼はいなかった。

（なに、今の）

通りかかったおばさんが「大丈夫かい？」と声をかけてくれ、私はあわてて起き上がった。

「ええ、大丈夫です。すみません、ありがとうございます」

周りを見回しても血まみれの男などいない。道行く人たちも普通に歩いているので、そんな人間はいなかったのだろう。

階段から落ちたという話で脳が勝手に幻覚を作り出してしまったのだろうか？

私は何度も深呼吸をして、再び歩き出した。

商店街を抜けてバス通りを渡って公園を横切ると、やっと見慣れた街並みになった。

私のマンションはもうすぐ先だ。

自宅はマンションの三階にある。１ＬＤＫの小さな部屋だ。

三年前、彼と別れて住み始めた私の城。彼はここに何度も来た。

玄関のドアの前で何時間も叫んだり、くどいたり、罵倒したり、恨み言を言ったり。

私だけでなく周囲の部屋の人にも迷惑をかけた。

でももう彼は死んだ。もう来ない。

玄関のドアを開けて中に入った。とたんにドアを激しく叩かれた。

とっさに施錠して、覗き窓から見たが真っ暗だった。

私は今度こそ悲鳴を上げた。

真っ暗なのは、向こうからも覗いているからだ。

それは死んだはずの元カレの目だった。

一

炎真が午前中の日課であるデパ地下巡りを終え、新宿御苑に寄ったときのことだ。

池のそばで写真を撮っている小柄な女性がいた。

夏なのに紺色のスーツ、子供のように切りそろえたこけしのような髪型。

「ありゃあ確か……」

新宿区役所みどり土木部みどり公園課の鈴木美奈子(すずきみなこ)だ。以前、新宿四季の路の幽霊退治を依頼に来たことがある。

鈴木はカメラをあちこちに向けていたが、やがてレンズの中に炎真が入ったのか、カメラを下ろして頭を下げた。炎真も小さく手をあげる。

「なにやってんだ」

「区の広報用に写真を撮ってました。新宿でこれだけ植物が見られるのは御苑だけですからね」

化粧っけのない顔が陽に灼けて赤くなっている。手が小さすぎて、望遠レンズをつけた一眼レフカメラがバズーカのようだ。

立ち止まっている二人の横を浴衣を着た少女たちが通り過ぎた。くるぶしを出す短めの着方で、たっぷりした兵児帯が金魚の尾びれのようだ。

「わあ、かわいい……」

鈴木はその後ろ姿に呟いた。

「お前も似合うんじゃないのか？」

「えっ？　な、なにを言ってるんですか、だめだめ、だめですよ。似合いません」

炎真の言葉に鈴木は灼けた頬をさらに赤らめた。

「そうか？」

「そうですよ、大体私は着物が嫌いなんです！」

「へえ」

炎真はそう言ったあと、眉をひそめて鈴木の肩のあたりを見た。

「炎真さん？」

鈴木の声に炎真は顔をしかめたまま、うるさそうに首を振った。

「ああ、そうか……鈴木」

「え？　はい」

「なんで着物が嫌いなんだ？」

突然の問いに鈴木はきょとんと目を見開いた。

「理由もなく嫌いなわけじゃないだろう」

「そ、それは……着物なんて暑いし重いし、着付けは大変だし、手入れも大変だし、一着着るのに襦袢やら足袋やら紐やら用意するのが大変だし……」

早口で否定的な意見を述べた後、小さく呟く。

「……似合わないし……」

「誰かにそう言われたのか？」

炎真の言葉に鈴木の顔がこわばる。

「言われたんだな？」

重ねて言う炎真に鈴木は顔を上げてきっと炎真を睨んだ。

「父がそう言ったんです！　七歳の七五三の時、母方の祖母が作ってくれた振り袖を着た私に！」

――似合わねえな、美奈子は色が黒いからな。

心無い言葉だった。七歳といえど美奈子は傷ついた。それ以来、着物は着ていない。着物を見ると父の言葉が甦って悲しくなる。

だから着物は嫌い。

その父も彼女が大学に入った年に病で亡くなった。あまり見舞いにも行けず、死に目に会うこともできなかった。

似合わないと言った父は死んだが、それからも着物は着ていない。着られない。

「なるほどな」

炎真は鈴木から離れると、池の縁に寄り下を覗き込んだ。

「鈴木美奈子、来てみろ」

呼ばれて炎真の隣に立つ。広い池を渡る風が、前髪をそっと吹いてゆく。

「そこだ、よく見ろ」

炎真が指さしたのは水面に映る自分の顔だった。見ているとその顔が揺れて、別の顔になってゆく。

「え……、あ、あれって……」

映っているのは今は亡き父親だ。若い。キッチンのダイニングテーブルでビールを飲んでいる。向かい側に誰かいるのか口をパクパクさせて話をしているようだ。

「なんで美奈子にあんなこと言ったんです」

母親の声が聞こえた。

「似合わないなんて。可愛らしかったじゃない。美奈子泣いてたわよ」

「うるせえ」

「明日、謝ってよ」

父親はビールグラスを握りしめ、テーブルの上に頬を乗せた。

「だってよ……俺だって美奈子に振り袖用意しようと思ってたんだよ。なのに友禅なんてもってこられたら、かなわないじゃないか。あれがまた似合ってたからカチンときちまって……」

父は片手で頭をバリバリとかきむしった。

「くっそ、どうして俺はこう……」

泣き出しそうな声で言って、父親はのろのろと顔を上げた。目はまっすぐにこちらを見ている。

「美奈子……すまねえ。似合ってたよ。かわいかったよ」

「お父さん……」

思わず鈴木が声をかけると、父の顔は消え、身を乗り出している自分の顔が映った。

「あぶねえな」

炎真が鈴木の体を抱えて引き戻す。胸の中に抱きとめられる格好になったが、鈴木はそれに気づかず炎真を振り仰いだ。

「い、今のは……」

「お前にくっついていた後悔だな」

「後悔……」

「自分の無責任な一言で着物を着なくなった娘に、ずっと謝りたかったんだろう」

「そんな……」

私の方こそ。

忙しいと言い訳しながら父の入院している病院に行かなかった。会いたがってるわよ、と母親が言っても、聞き流して。

思えばあの七五三の時から父を嫌ってあまり話をしなくなった。ちゃんともっと話していれば、父が謝る機会を作っていれば。

こんな悔いをずっと残させていたなんて。

「お、お父さん……っ」

鈴木は炎真の胸に顔を伏せて泣いた。炎真は黙って胸を貸してくれている。

「とりあえず浴衣から着てみろよ」

鈴木は炎真の言葉に何度もうなずいて涙をぬぐった。

御苑から戻った炎真と篁、それに胡洞はそろってジゾー・ビルヂング一階にあるホットサンドが名物の喫茶でランチをとっていた。

別に待ち合わせた訳ではなく、炎真と篁が食べているのを、外から覗いた胡洞が見つけて隣に座っただけだ。

「なに食べているの？」

「僕はポテサラにハムとたくあんです」

「俺のはコンビーフにコーンとサワークリーム」

「ふうん、じゃあアタシはチーズとミートボールにしようかしら」

そんな感じで三人でカウンターに並び、ホットサンドをパクついていた。

喫茶「サンシャイン」はしばらく休業していて、久々の開店だ。

「うふー、おいしい。このミートボールのソースがたまらないわねえ」

胡洞はかぶりついたホットサンドから伸びるチーズを伸ばしに伸ばし、椅子から落ちそうなほど反り返っている。

「もうひとつイケそうだな、パイナップルとクリームチーズにするか、いや、キーマカレーもいいいな」

　炎真はカウンターの上のメニューを睨んでいる。

「僕がキーマカレーにしますから半分こしましょう」

　篁はまだ自分のホットサンドを食べているのにそんなことを言う。

「いやねえ、半分こなんて。今はシェアって言うのよ」

　篁の言葉を子供っぽいと思ったのか、胡洞が笑いながら言った。

「いいじゃないですか、『半分こ』、いかにも親しい語感で。シェアなんていうと、よく知らない人と分ける感じでいやなんですよ」

「地獄の住人がかわいらしいこと言わないでよ」

　篁と胡洞が話している間に、炎真はさっさとパイナップルとクリームチーズのホットサンドをオーダーした。

「そういえばどうなったのよ、根付」

　胡洞がタピオカ入りコーヒーをズッとストローで吸い上げる。

「売買サイトにメールして購入したんでしょ？」

「ああ、それが」

　篁が情けない顔で首を振る。

「普通の根付でした。よく似てたんですけど……気持ちが焦って見極められなかったようです」

篁はそう言って財布を取り出した。その端から小さな閻魔大王の像がぶらぶらとぶらさがっている。

「あらあら」

「まあ、現世土産として持って帰るさ」

炎真がつけあわせのプチトマトを口に放りこんだ。

「やっぱり帰るのね」

「長居し過ぎたからな」

あっさり答える炎真に胡洞は唇をとがらせつつ、パンをもそもそとかじった。

「淋しくなるわね」

そう言った後、湿っぽくなるのを嫌ったか、胡洞は明るい調子で話しだした。

「そうそう。最近新宿御苑前の太宗寺の閻魔堂に参拝者が増えているらしいのよ」

「太宗寺の閻魔堂といえば、高さ約五メートルの閻魔さまの像が納められているところですよね？」

篁が博識なところを見せる。

「ええ。閻魔さまより三途の川にいる奪衣婆の像の方が怖いって、もっぱらの噂のあそこよ」

胡洞は眼鏡の奥の目をパチパチと瞬かせ、炎真に流し目をくれた。

「行ったことある?」

「なにが悲しくて自分の面と対面しなきゃなんねえんだ」

「あら、あれだって炎真さんの本当の姿じゃないんじゃないの? まあ、閻魔像の中ではけっこうイケメンに作られてるわよね」

「現世の俺の像なんか全部同じだろ」

炎真は興味なさげだ。

「新宿は宿場町だった頃から閻魔信仰ってあったんだけどね、最近は閻魔さまが夜な夜なお堂から抜け出して人助けをしているって話がはやってて」

胡洞はストローにつまったタピオカをスポンと口の中に吸い込む。

「なんだそりゃ」

「炎真さん、おおっぴらに力を使うんだもの、見てた人がSNSとかで呟いちゃうんじゃないの? 四季の路のときとか、写真も撮られてたでしょ」

「そうだったかな」

炎真はそらとぼけるが、確かにスマホを向けられてはいた。

「そうなのよ。まあ、地獄へ戻るからってあまり気にしてないんでしょ。でも噂は残るわよ?」

「人の噂も七十五日だ」

面倒くさげな炎真に胡洞は呆れたように首を振った。

「記録として残るって言ってんのよ。大丈夫なの？　篁さん」

「え、あ、そ、そうですね……それはまずいですね……」

さすがに篁は難しい顔で腕を組んだ。

「もうじき『えんま大王縁日』だし、このままじゃ閻魔さまバズっちゃうわよ」

炎真は舌打ちし、店に飾られているカレンダーに目を向けた。

「そろそろ引き上げどきか」

「根付はどうするのよ」

「まあ、最悪、放っておくしかねえ」

炎真はオーダーしたホットサンドが焼ける匂いに鼻を動かした。

「放っておいていいものなの？」

「有効期限があるからな」

「あらまあ、そんなのがあるの！」

知らなかった、と胡洞は篁を見る。篁は苦笑いでうなずいた。

「根付の姿はしていますが、もともとエンマさまの身分証明証なんです。吉祥寺を離れるときに紛失してしまって。再発行はしたんですけど」

「再発行？　じゃあ更新されて有効期限はもうとっくに切れてんじゃないの？」

「現世の書類はそうかもしれませんが、ものは閻魔大王の身分証です。少しばかり強情なんでしょうね。胡洞さんもご存じのように、ダンサーの遠藤さんに力を与えてますし、鯖江のお嬢さんにも影響を及ぼしてます。でも実際の有効期限はもうすぐです。そういった力もじょじょに薄れていくはずです」

「あっ！」

小さな悲鳴が聞こえた。声の方を見ると、店主が口に手を当てている。

「ご、ごめんなさい」

店主が申し訳なさげに頭をさげる。

「ホットサンドの中身をいれずにパンを焼いてしまいました。すぐに作り直しますからもう少しお時間いただけますか？」

ベリーショートにバンダナの店主は美作江巳子という名前だと地蔵から聞いていた。いつも明るい笑顔で店の雰囲気そのままの人なのだが、今日はあまり元気がなかった。

「そりゃあずいぶん珍しいミスだな」

「本当にごめんなさい。うっかりしちゃって」

「お体の具合が悪いんじゃないんですか？　お休みされてたでしょう？　無理はなさらなくてもいいですよ」

「いえ、そういうわけじゃないんです。ちょっと……ぼんやりして」

「おまえ――」

炎真はぎゅっと眉を寄せて江巳子を見た。その視線の厳しさに江巳子がうろたえる。

「ちょっとちょっと炎真さん、飢えて死にそうってわけじゃないんだから、そんな怖い顔をしちゃ駄目よお」

胡洞がたしなめる口調で言った。だが、そちらには一瞥（いちべつ）もくれず、炎真はぐっと江巳子に向かって身を乗り出した。

「――匂う」

「えっ」

反射的に江巳子は身を引き、慌てて自分の腕を鼻に寄せた。

「すみません、なにか……」

「地獄の匂いがする。おまえ、なにを持ってる」

「エンマさま？」

篁が炎真と江巳子を交互に見やり、鼻をすん、と鳴らした。とたんに弾かれたように顔をあげる。

「あ、ほんとだ。これって……」

「おまえ、具合が悪いわけじゃないのなら、なにか気をとられることがあったんだろう。心にかかっていることがあるなら話してみろ」

「え、炎真さん、急になにを言い出すの」

炎真の強い調子に胡洞は驚いてその腕を取った。

「おまえは黙っていろ、俺は店主に話している」

炎真は胡洞の手を振り払うと、カウンターに片ひじを乗せ、江巳子を睨む。

「ここ数日、おまえの身の回りで変わったことがなかったか？」

「ど、どうして……」

江巳子はうろたえた様子で答えを求めるように胡洞や篁を見た。

「そいつは助けが必要な人間のもとへ現れるようだからな……」

炎真は呟いたが江巳子にはわけがわからなかっただろう。

「話してみろ、困っていることがあるんだろう？」

再度の炎真の言葉に江巳子の肩がため息と一緒にふうと下がる。

「お客さんは……エンマさんとおっしゃるんですか？」

「ああ、そうだ」

「なら……これもなにかのご縁かもしれません。困っていることは確かにあります。

そして私を助けてくれたのもエンマさままでしたから」

チリンとドアベルが鳴って新しい客が入ってくる。江巳子はそちらに目をやって
「いらっしゃいませ」と応えると炎真の方を向いた。

「二時にランチを終了します。そのあとでよろしいですか？」

「ああ、そうだな。俺もまだ注文したのを食べてなかった……。篁、キーマカレーを頼むか？」

「はい」

江巳子は微笑んでうなずくと、コンロに向かった。

二

喫茶「サンシャイン」のドアに「準備中」の札が下がった。店にいるのは店主の美作江巳子の他、炎真、篁、そして胡洞だけだ。

江巳子はカウンターの三人にアイスコーヒーを出してくれた。

「元カレが死んで、その幽霊につきまとわれている、なんて話、信じますか？」

江巳子はこわばった笑みを浮かべて言った。

「通常なら信じないだろうな。医者へ行けと言われたか？」

江巳子は笑みを消し、唇を噛んだ。

「ええ。私も自分がおかしくなったんじゃないかって思って心療内科に行きました。そこで後悔と未練のせいで幻覚をみることもあるって言われました」

「後悔と未練、か」

「でも私にはそんなものはありません」

江巳子はきっぱりと言う。

「その幽霊……。元カレってのはどんな男だったんだ？　暴力を振るうとか、借金をしてるとか、カタギじゃないとか」

「いいえ、そんなんじゃありません。ちゃんとした会社員で、優しく明るいスポーツマンでした。でも」

江巳子はペティナイフを持つと、それでトマトをストンと半分に切った。

「このナイフはよく切れますが、彼は、柔らかいナイフで私の心を少しずつそぎとっていくような、そんな人だったんです」


私は元々千葉の方の出身で、ホットサンドが名物の喫茶店の娘でした。

彼は……名前は小此木和真と言いました。店に珈琲豆を卸している会社の営業で、いつも親切で話していても楽しくて、学生だった私は彼に少し憧れを感じていました。

やがて私は東京で就職し、彼とは会わなくなりました。

ところが、半年くらい経った頃、偶然彼と再会し、懐かしさからつきあい始めて……互いに好意を持って、一緒に住むようになって。

でもその頃から、なんだかちょっとおかしいな、と感じるようになりました。

少し露出の多い服を着ると、和真はいやな顔をしました。

口紅をいつもより濃くすると似合わないと言われました。

つきあい始めたときに、素直で清楚（せいそ）な女性が好きだと言ってたので、最初は彼好みになるように化粧も薄目にし、服もおとなしいものを着ていました。

いいなりになる私に、大学時代の友人は彼の欲求が強すぎると注意してくれましたが、その頃は恋愛ってそんなものだろうと思っていました。

私は優柔不断なところがあったので、なんでもものごとをスパスパ決める和真が、かっこいいと思っていたんです。

でも私も東京で仕事を始め、人とのつきあいが多くなっていく中で、自分の好きな服を着て、好きな化粧をしたいと思い始めました。ただ、彼のことは好きだったので、彼の前では彼のいやがる服は着ず、赤い口紅も使いませんでした。

彼はスポーツを好み、私もサーフィンやテニスに誘われました。サッカーやアメフトの観戦にも行きました。

でも私は運動が苦手です。いつまでたってもサーフィンもテニスも上達しない私に、彼は私が人生を損していると言いました。

彼が楽しんでいるスポーツの観戦も、私にはルールも覚えられないし興味のないものでしたが、それを言うと不機嫌になるので黙って一緒に観ていました。彼は私が楽しんでいるかどうかは関係ないようでしたね。

それに和真は私の好きな美術鑑賞や食べ歩きには興味を持たず、つきあってもくれないし、一人で出かけるとやはり不機嫌になるので、私もだんだん出かけなくなりました。

そんな日々が続いて、息苦しくなったんでしょうね。私は久々に実家に帰りました。もちろん彼はいい顔をしませんでしたが。

久しぶりの故郷、懐かしい父のホットサンド。とてもおいしく癒されました。もうこの頃には私の心は彼のナイフで削られていたのかもしれません。

私はホットサンドのお店をやりたいという夢を思い出しました。

彼のもとに戻って父直伝のホットサンドを作って出しました。私に力をくれた大切な一皿です。

でも、そのとき彼は、「こんな貧乏くさいもの」と嗤（わら）いました。営業に来ていたときはうちのホットサンドは世界一だと言っていたのに！

お店をやりたいのだ、と言うと「できるわけがない」とバカにされました。

そのとき気づいたんです。

いえ、もっと前から知っていたのですが、あえて考えないようにしてたんだと思います。彼はなんでも否定から入る人だったんです。

私がなにか言うと軽く否定して自分の考えを述べる……。つきあっていたときはそんな和真が賢く見えて感心していたのですが、彼はただマウントをとりたかっただけなんです。

彼の言葉の最初には必ず「いや、でも」がつきました。私が何かいうと「違うね」と言いました。「そうじゃないよ」「だけどね」「君はしらないかもしれないけど」。

和真の言葉はこういうのばかりだと、突然気づきました。

「人の好きなものを否定しないで！」

私は初めて彼に怒鳴りました。でもそのすぐあと、百倍くらい怒鳴られました。この世の終わりを私が引き起こしたのかと思うくらい激しく怒ったんです。

怖いと思いました。彼は他人を否定するくせに、自分を否定されることは許せない人だったんです。

私は和真に別れ話をしましたが、当然、彼は許しませんでした。

私はいつも私に助言をくれていた友人に相談し、部屋を探してもらい、彼の留守を見計らって家を出ました。

実家には戻りませんでした。彼が連れ戻しにくるといやだし、親に心配させたくなかったので。

和真は私を捜し回ったようです。

あるときは会社の前で待ち伏せされました。交番に駆け込んだら諦めたようでしたが、何度か続いたので会社は辞めました。ホットサンド屋をやりたいと思っていたのでいい機会だとも思いました。

今住んでいるマンションは、実は地蔵不動産に斡旋(あっせん)してもらったマンションです。それで再度地蔵さんにホットサンド屋をやりたいのだが、いい物件はないかと相談しました。そうしてここを紹介してもらいました。

私の住む中央線沿線からも通いやすいし、新宿のように大きな街なら和真に見つかる可能性は少ないと、ここに決めました。

貯金と親の援助で三年前に開店しました。私は夢を叶え、幸せでした。

ところが……一ヶ月ほど前、和真が私の家に訪ねてきました。偶然駅で私を見かけ、つけてきたんだそうです。

家を知られてしまったあとは、彼は毎日やってきました。玄関のドアは開けなかったんですが、そうするとずっと外でわめいているんです。

私がいかにバカなことをしているか、自分がどれほど私のことを考えているか。私が彼の言うことをきかないのは、とんでもない大罪のように罵るんです。

警察に通報？

もちろんしました。私もしましたし、彼の怒鳴り声やドアを叩く音を迷惑に感じた同じフロアの人たちも通報してくれたようです。

でも彼は捕まると反省した振りをしてもうしないと警察で泣いて、無罪放免になるんです。警察は痴話げんかだと思っていたのかもしれません。そしてしばらくしたらまた同じことの繰り返し……。

この家も引っ越すしかないと思っていました。

でも、その彼が――和真が死んだんです。

三

江巳子はそこまで一気に話すと、長いため息をついてアイスコーヒーを飲んだ。

「そいつが死んだ理由は？」

長い話を黙って聞き終え、炎真が問うた。

「事故です。駅の階段から落ちたそうです」

「その駅って……」

胡洞が眉をひそめる。

「ええ。私の家がある最寄り駅です。たぶん、待ちかまえようとしてたんでしょう」

「いつだ？」

江巳子は指を折って数えた。

「六日前になりますね」

炎真と篁は顔を見合わせた。

「七日目まではうろうろするやつがいるからな」

「死神たちもこの間に送ろうとはするんですけどね」

小声でささやかれたので江巳子には聞こえなかっただろう。

「私、彼が死んだって友人に教えてもらって……ほっとしたんです。薄情ですよね」

「そんなことないわよ、今まで迷惑かけられてたんだから当然よぉ」

胡洞は憤った口調で言った。話を聞いているときから不快そうな表情だった。

「だから未練なんてないと思ってたんですけど、実際視てしまうと……もしかしたら私の心の中のどこか気づいてないところにそんな後悔の念があったのかなって。あの人も自分ではぜんぜん気づかずに人を傷つけていた人だから」

「気づいて直せるなら救いもあるだろうが、家の前でわめくなんていう、常識を無視したやり方をするようになったなら無理だろうな」

炎真の言葉に胡洞も大きくうなずいた。

「そういう人はねえ、自分が親切で相手のことを思ってやってるんだってフィルターがかかっちゃってんのよ」

胡洞はカウンターの上をきれいにマニキュアされた指でつついた。

「自分は正しい、相手が間違っている。だから自分は相手の間違いを正さなければ。その行動も相手のためって思い込んじゃうのよね。それがどんなに常識はずれでも犯罪に近くても」

その言葉に江巳子は苦笑めいた表情を見せた。

「そうですね。会話をしても私の言っていることは通じないんです。あなたはなんでも否定すると言っても否定なんてしたことないって。言った言わないの話になるから埒があかなくて」

「だがそいつは死んだ」

炎真は話を切り上げるように言い捨てた。

「……ええ」

「それで幽霊を視る、と」

「信じますか？」

「もう少し話してくれ」

江巳子は炎真の言葉に目を少し見開いた。

「今までのはその男の話だ。男が死んでから、おまえが体験したことを全部」

「幽霊の話ですよ？」

「ああ」

炎真はカウンターの上で手を組むと、そこにあごを乗せた。

「おまえの話が真実だと信じて聞く。話してみろ」

「……」

江巳子は全員に再びアイスコーヒーを淹れた。ゴオッと冷房が回る音が大きくなった。

「最初は彼が死んだ当日――帰り道とマンションの玄関でした」

あのとき、のぞき窓から見た目を忘れられない。真っ黒で動かない不気味な目。

「部屋の隅で震えていました。一時間ほどして、もう一度玄関へ向かいました。でも、怖くてのぞき窓は見られなかった。結局警察に誰かが外にいるようだと電話して来てもらい、ドアを開けました」

「そのときはいなかった？」

「ええ。私は気のせいだったんだと思いこもうとしました。でも怖くて、その日はお風呂に入れませんでした。部屋の電気も全部つけて寝ましたよ」

翌日の朝の光がどれほど心強かったことか、と江巳子は小声で言った。

江巳子はすぐにマンションを出て店に行き、忙しく働いた。働いている間は考えないようにした。

「その帰り道です。また出たのは」

夕方、やはり最寄り駅で降りるのが怖くてひとつ前の駅で降りた。電車から出て、なにげなく向かいのホームを見たら、和真が立っていた。

頭から血を流して嗤っている。

江巳子は悲鳴も上げずホームから階段を駆け下り、駅を出た。離れたい一心で、ロータリーを強引に横切ったら、バスがクラクションを鳴らしながらつっこんできて、あやうく轢(ひ)かれるところだった。

道路に転がって起きあがると、バス乗り場に和真がいた。ニヤニヤと、どこか得意げな顔で。

「そしてその夜も玄関のドアが叩かれたんです」

以前と違い、その音が聞こえているのは江巳子だけだったらしい。ドアの音は深夜まで続いた。

「それで心療内科に行きました。私は幽霊なんて信じていなかったから、自分の心を疑ったんです」

「冷静だな」

「必死だったんです。幻覚だと診断がつけば、そういうものを見ないようにできるんじゃないかと思って」

二日かけて三つの心療内科を回ったが、どの医者も江巳子の心が罪悪感を抱いているのだろうと言った。供養を勧める医者もいた。

医者の言っていることには納得できなかった。抗不安薬を処方してもらったが、効果はない。和真はどこにでも現れたのだ。

時間は関係なかった。明るくても暗くても、江巳子が家の外にいる間は姿を見せた。

「だからお店を休んだんです。ずっと部屋に引きこもって」

そうすると今度は激しくドアを叩く音。

「アタシなら家にはいられないわ。お店とかホテルに逃げるって考えなかったの？」

胡洞が縦ロールを激しく振って頬を押さえた。

「考えました。でも店には絶対に来させたくなかったし、もしホテルに現れて迷惑をかけたら、と考えると家にいるしかなかったんです」

「あなた、真面目ねえ」

「でも家にこもったのは失敗でした」

江巳子はため息をついた。

「朝から晩までドアを叩かれて、もう、どうしていいかわからなくなって」

江巳子は追いつめられた。

罪悪感？　後悔？　未練？

私が悪かったの？　彼の言うままにしていればよかったの？

ついに昨日の朝、江巳子は部屋を出た。ドアを叩く音が止んだのだ。沈黙が江巳子を外へといざなった。まだ夜明け前の薄青い帳の中をふらふらと歩いた。

ドアの音のせいで数日眠っていなかったせいもある。思考はまとまりなく、秩序だって考えることはできなかった。

足が向くまま歩き、大通りへ出た。歩道橋にあがって北へ南へと走る車を見つめる。

ここから飛び降りれば楽になるかもしれない……。彼に詫びるにはそれしかない……私は彼の言う通り愚かだったのだ……。

「そう思って、歩道橋の手すりを越えようとしたら」

コツンと手の甲に何かが当たった。どこからか、なにかが落ちてきた。

足下を見るとそれが転がっていた。小さな人形――マスコットのようだ。

赤い顔に黒い服。デフォルメされた姿だが、江巳子はそれを知っていた。拾い上げ、見つめているうちに眠気が去っていき、自分がなにをしようとしていたのか気づいてぞっとした。

家へ帰ろうと振り返ったとき、そこに血まみれの彼がいた。

こちらへ近づいてくる。

江巳子は思わずマスコットを握った手を突きだした。するとと彼は後ろへさがった。ニヤニヤ笑いが消えて、とまどったような、怯えたような顔になった。

江巳子がマスコットを見せるようにするとさらに下がり、――やがて消えた。

道路の先に太陽が昇っていた……。

「それで私、助かったんです。もしこれから彼が出ても、とりあえずはこのマスコットがある間は近づかないんじゃないかって思うと、その日は久しぶりにぐっすり眠れました」

江巳子はパッと明るい笑みを見せた。

「ドアの音は？」

「音は一度も聞こえませんでした。今朝起きると彼に屈服しようとした自分に腹が立って、店を開ける決心をしたんです。それでもやっぱり彼のことを考えてしまってぼんやりして……。怖いことは怖いし……」

「ねえ、そのマスコットって」

胡洞が身を乗り出すのを炎真は止めた。

「そのマスコットってやつ、見せてくれないか？」

「ええ」

江巳子は小さく笑った。

「お客さんがエンマさんってお名前だから、同じだなあって思って……これですけど」

江巳子がカウンターの上に置いたのは、閻魔大王の姿をした根付だった。

四

「これ、手にとっていいか？」

炎真は江巳子に聞いた。「どうぞ」と江巳子は言い、炎真は注意深くそれをつまみあげる。

以前、四季の路で踊ったエンマという名のダンサー――遠藤瑛子（えいこ）が持っていたとき、触れようとしたら拒絶された。だが、今は所有者の江巳子の許可を得たためか、それはおとなしく炎真の手の中に納まった。

「こいつ……手間かけさせやがって」

炎真は口の中で呟いた。

「助けを欲する人のもとへ現れるなんて、さすが閻魔さまの分身よねえ」

胡洞が炎真の手のひらの上の顔をつつく。だがすぐに「きゃっ」と指を引っ込めた。

「やだ、びりってきたわよ」

「おまえには触れる許可は出してないと言いたいんだろ」

「うん、もう！　ツンデレさんね！」

炎真はそれをカウンターの上に戻すと江巳子を見上げた。

「相談がある」

「はい……？」

江巳子は首をかしげて炎真を見返す。

「その幽霊、俺たちで彼岸へ送ってやる。ちゃんと消すことができたならこの根付……人形を譲ってもらえないか？」

「ええっ!?」

江巳子はあわてた様子でカウンターの上の閻魔人形を取り上げた。

「だって、でも、これがないと……」

「だから、それがなくてもいいように俺たちで解決する。どうだ？」

「でも……」

すでにこのマスコットは、江巳子にとって手放すことのできないお守りになっているようだ。両手で抱え、ぎゅっと胸に押しつけている。

「俺はおまえの幽霊話を信じた。だから今度はおまえが俺の幽霊退治を信じてくれ」

江巳子は唇をわななかせ、浅い息を吐いた。

「で、でもどうしてこれを？」

「もともとは俺のものなんだ。だが今の所有者はおまえだ。だからおまえが譲ると言わないと俺のもとへ戻ってこない」

「そうだったんですか」

江巳子は手の中のマスコットと炎真を交互に見た。

「あなたのならお返ししなきゃいけませんね。でも……本当に、あれを……？」

「ああ、約束する」

炎真はにっと笑ってみせた。

「任せろ。俺たちは専門家だ」

　炎真と篁、胡洞はホットサンド屋を出ると七〇四号室に戻った。

「さすがねえ、閻魔大王の身分証明証。江巳子さんを護るなんてやるじゃない。別に幽霊退治しなくてもいいんじゃないの？」

　胡洞の言葉に炎真は首を振った。

「いや、さっきも言ったように有効期限ってのがあるし、今は力も弱い。あと一回防げるかどうかだ」

「あ、そうか」

「どうやって小此木和真を捕まえますか？」

　篁がおみやげにしたホットサンドを棚にしまい、振り向いた。

「その場所にとどまっているタイプじゃなくて、店主のいるところに出るタイプだからな、捜すのが得意な奴(やつ)に任せる」

　炎真は部屋の窓を開けた。

「篁、等活地獄から地獄蛾(が)を呼び出せ。数は多い方がいい」

「わかりました」

　篁が部屋の隅で円を描くように手を振ると、そこに丸い黒い穴が現れた。その穴の奥から、ザザザと布を激しく振るような音が聞こえてくる。

「な、なにが来るの？」

胡洞がこわごわ覗くと、その眼鏡をかすめて大きな蛾が羽を広げて飛び出した。

「ひえぇっ!?」

次から次から、灰色の羽の蛾が飛び出してくる。蛾の羽には二つの大きな目のような模様があった。

蛾はたちまち部屋いっぱいとなり、そのまま窓から新宿の空に飛び立った。

「ちょ、ちょっとお！　あんなのが東京に現れたら大騒ぎになるわよ?!」

それは胡洞を見てぎょろぎょろと動く。

「大丈夫だ、多少勘のいい人間にしか見えない」

羽をふるわす蛾の大群は、視えるものが視ればまるで大きな雲のように見えたかもしれない。それは青空の真ん中まで固まりで飛んだ後、日差しの中を四方八方へと散っていった。

「地獄で亡者を監視する虫たちだ。江巳子の男が現れればすぐに知らせがくる」

炎真は胡洞の方を向いて言った。

「ゆずを呼んでくれ。猫道を使わせてもらう」

江巳子は一七時まで営業し、店を閉めた。普段はもう少し遅くまで店を開けているが、今は暗くなるまで外にいたくなかったのだ。

バッグの中の閻魔大王のマスコットを片手でぎゅっと握る。

「今日も守ってね」

ランチを食べにきたエンマさんという人、それにタカムラさん、コドウさん。幽霊退治をしてくれるって言っていたけど……本当かしら。

幽霊を見た、幽霊につきまとわれている、という話を信じてもらえず辛かったのに、幽霊を退治してくれるというのを半信半疑というのは、ずいぶん勝手な話だ。

なのに、このマスコットのことは信じているなんて矛盾もいいとこ。

「だって、あなたと違ってそばにいてくれるわけじゃないし」

江巳子はビルを出て周囲を見回したが、エンマの姿もタカムラやコドウも見あたらない。

(どうやって幽霊を退治するのかしら?)

江巳子は歌舞伎町を歩き出した。通りにはこれから遊びに繰り出す大勢の人たちが歩いている。駅に向かう人や駅から歩いてくる人、繁華街に向かう人、その波の中に彼がいるのだろうか？

　また血まみれでニヤニヤと嗤っているのだろうか？

　思い出すと震えるほど怖くて、過ぎゆく人たちの顔を見ずに、江巳子は足もとだけを見て歩いた。

　その地面の上に赤い液体が流れてきた。

　はっと顔を上げると目の前に小此木和真が立っている。赤い液体は彼が流す血だ。まるでたった今怪我をしたかのように滴っている。

「……っ」

　江巳子は身を翻し、横の通りに逃げた。肩越しに見ると、路地の入り口に彼が立っていた。

（ここからそこを通って駅に――）

　だが、曲がった先にも和真が立っている。江巳子は息を詰め、反転して走った。

（店に戻るしかない。エンマさんたちはジゾー・ビルヂングに住んでいると言ってた）

　新宿にはもう三年も住んでいる。通りも路地もよく知っているはずだった。

　道を抜け、角を曲がり、店を通らせてもらってまた曲がって――そのうち自分の位置を見失ってしまった。

(まさか)

道を間違うはずないのに!

刑事ドラマの犯人のように、江巳子は袋小路に追いつめられた。向こう側に歩いている人々が見えるが、その前に彼が立ってふさいでいる。

「だ、だれか……」

壁に張り付いてうずくまっているのに、どうして誰も気づいてくれないの!?

和真が近づいてくる。江巳子はバッグの中からマスコットを取り出すと、それを掲げた。

ぴたりと和真の足が止まる。やはりこれはお守りだ。彼を寄せ付けない。

だが。

ほっとしたのもつかの間、和真はまた進んできた。動きは鈍い。まるで重い水の中を進んでくるかのように体全体をうごめかせてじりじりと近寄ってくる。

「な、なんで……っ」

今はこれしか頼るものがないというのに!

そのとき。

上空が暗くなった。夏の夕方はこの時間まだ日が暮れない。しかし日差しを遮るように辺りが真っ暗になる。

思わず上を見た江巳子は細い悲鳴を上げた。

蛾だ。

無数の蛾が空からこの空間に舞い降りてくる。

「きゃあっ！」

叫んだが、蛾は江巳子を襲ったわけではなかった。和真の周りを飛び回り、その体に取りついている。

和真は蛾の柱となった。

「な、なに、これ」

「美作江巳子！」

蛾の羽音を裂いて声が響いた。はっと顔を上げ、江巳子は驚いた。壁の一部が黒く歪み、そこから猫と炎真が飛び出してきたのだ。

「遅くなって悪かったな！」

炎真は飛び降りざま、蛾にたかられていた和真を蹴り飛ばした。和真はまるで実体を持っているかのように壁まで吹っ飛ぶ。

「あ、あなた……っ！　エンマさん！」

「さあて」

炎真は指をぽきぽきならしながら、壁の前でうずくまる和真に近づいた。

「死者が生者に迷惑をかけるんじゃねえよ。愛だの恋だのそんなもんじゃねえだろ。お前は自分の言うことをきかなかった江巳子が憎いだけだ」

炎真は和真の襟首を摑みあげた。

「お前はな、ただの死人だ」

和真の顔が歪み、声のない悲鳴があがった。

「篁！　地獄の門を開け！」

炎真の声に、遅れてやってきた篁が壁に手を伸ばす。そこに、さっきとはまた違う、黒い穴が開いた。

そこはゴウゴウと不気味な音がして、はるか奥の方でなにかが燃えているような赤い色が見えた。

「おまえを地獄へ送還する」

炎真はそう宣言すると、振り上げた右手の拳を和真の顔に叩き込んだ。

和真の頭部が砕け散る。

首のない和真は江巳子を求めるかのように両手を伸ばしてよろよろと歩き、次には逆さになって穴の中に落ちていった。

「閉じろ」

炎真の声に穴は消え、元の通りの壁になった。

「悪かったたな、怖い思いをさせた」

炎真はへたりこんでいる江巳子を振り向いて言った。

「立てるか？」

差し出された手と相手の顔を交互に見上げ、江巳子は呆然と呟いた。

「あなたは……あなたたちは……」

「言っただろ、専門家だと。さあ、根付を返してもらおうか」

江巳子は自分の右手を見た。あまりにぎゅっと握りこんでいて指が開かない。

炎真は膝をついてしゃがむと江巳子の右手を取った。指を親指から順番に開かせ、手の中にマスコットを出現させる。

赤い顔に黒い服。太い眉毛、ぎょろりとした目に唇からはみ出す牙。

「エンマ……閻魔、さま……え、閻魔さま……？」

思わず呟いた江巳子の声に、目の前の炎真がにやりと笑う。笑って指を一本、唇の前に立てた。

「内緒だ」

その笑顔を記憶の最後に、糸が切れるように江巳子は意識を失った。

炎真は倒れた江巳子を抱き上げた。

「ゆず、猫道は普通の人間も通れるか？」

そばで顔を洗っているゆずに聞くと、猫はキウイグリーンの目を炎真に向けた。

「ん、大丈夫よ。慣れんうちはクラクラすることもあるみたいやけど、その人寝てるし、平気や」

ふさりと大きなしっぽを上にあげる。

「寝てるというか気絶しているようだがな……美作江巳子の自宅までつなげてくれ」

「ええよー」

ゆずは背をそらして立ち上がり、両手をビルの壁にかけた。ガリガリと爪をとぐように腕を動かすと、そこにぽっかりと丸い穴が開く。

「ほんなら行こか」

炎真は江巳子を抱え直し、篁を振り向いた。

「地獄蛾の始末をしておいてくれ」

「はい。あ、小此木和真以外の亡者も何人か見つけたようですが、どうしますか？」

「死神を派遣しろ。そもそも連中がザルだからさまよっているんだ」

「地獄蛾を常に飛ばせていたら彼らも楽でしょうがね」

「地獄蛾は現世では長生きできない。かわいそうだろうが」

炎真はゆずのあとについて猫道に入った。すぐに入り口が消えてゆく。

篁は自分の周りに集まってくる蛾を、開いた地獄の門へ誘導した。

「エンマさまは地獄の動物(あなたたち)に優しいですね」

地獄蛾の目玉の模様が笑っているように細くなった。


その夜、スピカがやってきた。

勤めている古着屋の商品を身にまとい、デリヘルのときより派手になっている。

「新しい仕事はどうですか、スピカさん」

篁が桃の香りのウーロン茶を、氷の入ったグラスに注いで渡した。

「うん、まあまあ。やっと慣れてきたって感じかな？　けっこう楽しい」

スピカはお茶をあっという間に飲んでしまうと、氷を口の中で乱暴にかみ砕いた。

「一番いいのは施設の先生にもちゃんと報告できる仕事だってところかな。デリヘルのときはごまかしてたから。喜んでくれてたよ、心配させてたみたい……今度地元に戻るつもりなんだ」

「お友達、針原泉美さんに会うんですか？」

「それもあるけど」

スピカは照れくさそうに笑う。

「親の墓参りに行こうと思って。中学以来行ってないから……報告しようかなって」

「そうですか」

炎真はカウチに寝ころんでいたが、それを聞いて体を起こし、スピカを手招きした。

「なあに？　えんちゃん」

たたっとスピカが小走りに近寄る。

「供養はいいことだ。えらいぞ」

炎真はスピカの頭をぽんぽんと撫でるように叩いた。

「やだ、子供みたいに」

スピカは肩を動かしたが頭は炎真の手からのけようとしなかった。

「えんちゃんから触ってくれたの初めてだね！　うれしい」

「そうか？」

「そうだよ！」

スピカはぐりぐりと自分の頭を炎真の手に押しつけた。

「そうか……」

炎真はスピカの頭をもう一度撫でた。スピカは頭の上の優しい重みにうっとりと目を閉じた。

終

喫茶「サンシャイン」は翌日も店を開けた。店主は忙しく働いている。時折手を止め店の窓から外を覗く。

助けてくれた炎真が来たらスペシャルサンドを焼こう。材料はとってある。

しかし、炎真も篁もその日以来、やってこなかった。

スピカは地元に戻って墓参りをし、友人と楽しく過ごした。新宿に戻ってきたのは、五日後だった。

ジゾー・ビルヂングの七階、七〇四号室の前に立ったスピカの手から、みやげの水まんじゅうの包みが落ちた。

ドアには「RENT」の看板が下がっていた。

「……やっぱりね。そうじゃないかと思ってたんだよ」

スピカは唇をぎゅっと曲げた。

「えんちゃんがあんなに優しいなんて、ただのフラグじゃん」

床に落とした水まんじゅうを拾い上げたとき。

「あ、……」

背後で小さな声がした。

振り向くと、浴衣を着た小柄な女性が立っている。短めのおかっぱの頭に小さな和柄のヘアピンをつけていた。手に提げている紙袋は黒地に金色の虎の絵。

「なんだ、区役所のコケシじゃん」

「……鈴木です」

スピカはじろじろと浴衣姿の鈴木を見た。藍の綿紅梅に白く撫子(なでしこ)が染め抜かれている。帯はほんのわずか紅を落とした兵児帯。足元は赤い金魚が泳ぐ白い鼻緒の桐下駄(きりげた)。

「……かわいいじゃん」

スピカの言葉に鈴木は赤くなる。

「あ、あの、炎真さんは――」

スピカは黙ってドアの前からどく。「RENT」の看板を鈴木は悲しげに見つめた。

「そうですか、もういらっしゃらないんですね」

「そう。黙って行っちゃった」

二人の女性はドアの前で同時にため息をついた。

「——それ、羊羹(ようかん)？」

「え、はい。期間限定の夏羹です。葡萄(ぶどう)と桃と檸檬(れもん)」

鈴木は虎屋(とらや)の紙袋を胸の前で抱えた。

「あたしも」

スピカは水まんじゅうの包みを持ち上げてみせた。

「地元の名物、一度食べさせてあげたかったのに」

「黙って行くなんて……ちょっと、ひどいですよね」

鈴木の言葉にスピカはぷうっと頬を膨らませ、やがてさっぱりと息を吐いた。

「ねえ、どこか外で一緒に食べようよ！　そんでえんちゃんの悪口言おう！」

「そうですね」

鈴木はスピカを見て笑った。スピカも笑い返す。

「それで今度また会えたら、面と向かって言ってやりましょう」

「うん！」

二人は一緒にドアに手を当てた。ひんやりとしたスチールの感触をきっと忘れない。

「またお会いしましょう」

「またね！　えんちゃん」

ゆずは地蔵の経営する不動産会社の事務所にいた。猫の姿で椅子の上で丸くなり、尻尾を枕にしている。

電話が鳴ると、三角の耳がぴくりと動いた。

ゆずはくわっと口を開け、大きなあくびをし、腰をあげて伸びをしたあと、椅子の上から床に降りた。

地蔵は電話の相手となにか話している。

ゆずがひょいと机の上に乗り、広がっている書類に鼻を近づける。

家の写真もいくつかある。中には禍々(まがまが)しい気配を放っているものもあった。それをつま先でつつくと、地蔵が笑いながら取り上げる。

「こんにちはあ」

ドアが開いて雲外堂(うんがいどう)の胡洞が入ってきた。真っ赤な金魚の柄の浴衣に黒い兵児帯を締めている。足下はサンダルだ。

「頼まれていた絵図を持ってきたわよ」

「ありがとうございます。これで土地の関わりが判明します」

地蔵はするすると絵図を広げ、壁に貼ってある新宿の地図と見比べた。

「あら、ゆずちゃん。こっち来てたの」

「おん、暇やから。ここならなんかおもしろいことあるかと思って」

「そんなしょっちゅうおもしろ物件を扱うわけじゃないんですよ」

地蔵は苦笑してデスクに戻った。

「なあ、炎真の兄ちゃんはもう戻ってこんの？」

ゆずは麻の着物を着た地蔵の膝の上に降りた。

「来ますよ」

「いつぅ？　ずっと先？」

「アタシも聞きたいわあ」

地蔵は両手でゆずを抱き上げ膝の上からどかせると、パソコン画面の横に座らせる。

「閻魔大王はこれまで休みは一年に一日。でも、今回お体をよく調べるとそうとう無理がでていました。なのでこれからは七日に一度は休みをとらせます」

「七日に一回？　日曜日みたいに？」

「そうです。地獄の一日は現世では四九日ですから……」

「えっと」

ゆずは両手を開いたが、猫の手では数えられない。

胡洞は帯に挟んでいたスマホを取り出すと、さっと計算する。

「二九四日後……ほぼ一年後ね？」

「はい。その頃に戻ってくるかもしれません。閻魔さまが休みを忘れなければ」

胡洞は軽くため息をつく。

「なんのかんの言って炎真さん仕事好きじゃない。ちゃんと休んでくれるのかしら」

「まあ篁さんが見張っててくれると思いますが」

地蔵は苦笑する。あまり信じていないことはその表情でわかった。

「また炎真の兄ちゃんと遊びたいなあ」

ゆずは机から飛び降りると不動産屋の入り口のガラス戸から外を見た。

新宿の高層ビルが夏の日差しの中にゆらゆらと動いて見える。その上を白い影たちが西へ東へ尾を引いて飛んでゆく。

死神たちは今日も仕事だ。

さまよう死者を、魂を地獄へ送るために。

人がよりよくなるために、閻魔大王に裁かれるために——。

「地獄の門を開け！」

――本書のプロフィール――

本書は書き下ろしです。

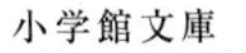

小学館文庫

えんま様のもっと！忙しい49日間
新宿七不思議の謎

著者　霜月りつ

二〇二一年十一月十日　初版第一刷発行

発行人　飯田昌宏
発行所　株式会社　小学館
〒一〇一－八〇〇一
東京都千代田区一ツ橋二－三－一
電話　編集〇三－三二三〇－五六一六
販売〇三－五二八一－三五五五
印刷所————図書印刷株式会社

この文庫の詳しい内容はインターネットで24時間ご覧になれます。
小学館公式ホームページ　http://www.shogakukan.co.jp

ISBN978-4-09-407087-3